Beltz & Gelberg Taschenbuch 935

Julia Donaldson, geboren 1948 in London, arbeitete als Lektorin, Journalistin und Lehrerin. Heute lebt sie als freie Schriftstellerin mit ihrer Familie in Glasgow. Bei Beltz & Gelberg erschien von ihr die Geschichte *Der kleinste Dinosaurier* sowie mehrere erfolgreiche Bilderbücher (in Zusammenarbeit mit dem Künstler Axel Scheffler): *Der Grüffelo* (ausgezeichnet mit dem renommierten Smarties-Preis), *Das Grüffelokind*, *Für Hund und Katz ist auch noch Platz*, *Die Schnecke und der Buckelwal* und zuletzt *Das Lieblingsbuch von Benni Stern*.

Julia Donaldson

Prinzessin Spiegelschön

Roman für Kinder

Aus dem Englischen von
Mirjam Pressler

Mit Bildern von Lydia Monks

BELTZ
& Gelberg

Für Phoebe

www.beltz.de
Beltz & Gelberg Taschenbuch 935

Die englische Originalausgabe erschien u. d. T.
Mirror-Belle bei Macmillan Children's Books, London

Aus dem Englischen von Mirjam Pressler
Neue Rechtschreibung
Einbandbild: Kerstin Meyer
Einbandtypografie: Moni Port
Gesamtherstellung: Druckhaus Beltz, Hemsbach
Printed in Germany
ISBN 3 407 78935 1
1 2 3 4 5 09 08 07 06 05

1

Drachenpocken

»Du hast ein paar neue in deinem Gesicht«, sagte Ellens Mutter. »Kratz bloß nicht, sonst werden sie noch schlimmer.«

Ellen war nicht in der Schule, weil sie Windpocken hatte. Sie fühlte sich nicht besonders krank, aber sie tat sich selbst Leid, weil sie einen Klassenausflug zur Delfinschau versäumte.

»Kannst du mir eine Geschichte vorlesen?«, fragte sie ihre Mutter. Doch gerade in diesem Moment klingelte es an der Haustür.

»Tut mir Leid, ich kann nicht. Das ist Frau Foster-Smith, sie kommt zur Klavierstunde. Schau, hier sind deine Bücher aus der Bücherei ... und denk dran, *nicht kratzen*.« Sie verließ das Zimmer.

Ellen nahm eines der Bücher mit Geschichten über Prinzessinnen. Sie blätterte die Seiten durch und guckte sich die Bilder an. Alle Prinzessinnen waren sehr schön, mit weit geschwungenen Kleidern und Haaren bis zur Taille. Und keine hatte Windpocken. Ellen fing an, *Dornröschen* zu lesen, aber es fiel ihr schwer, sich zu konzentrieren. Erstens juckten ihre Windpocken. Und zweitens hämmerte Frau Foster-Smith den »Feentanz« unten auf dem Klavier. Sie spielte den Feentanz so, dass er sich anhörte wie ein »Elefantentanz«.

Ellen beschloss, ihre neuen Windpocken zu begutachten. In ihrem Zimmer war kein Spiegel, deshalb zog sie ihren rechten Pantoffel an (den linken hatte sie verloren) und tappte ins Badezimmer.

Sie betrachtete ihr Gesicht im Spiegel über dem Waschbecken. Ein Pickel war direkt mitten auf ihrer Nase. Je länger Ellen ihn anschaute, umso mehr juckte er ... Sie hob die Hand. Nur ein *winziges* bisschen Kratzen machte bestimmt nichts. Ihr Finger berührte fast schon den Pickel, als etwas Seltsames geschah. Ihr Spiegelbild bewegte sich zur Seite und sagte: »Nicht kratzen, sonst verwandelst du dich in eine Kröte.«

Ellen antwortete nicht. Sie war zu überrascht. Sie riss die Augen auf.

»Ich habe noch nie so schlimme Drachenpocken gesehen«, sagte das Spiegelmädchen.

»Es sind keine Drachenpocken, es sind *Wind*-pocken«, sagte Ellen. »Aber egal, deine sind genauso schlimm – du bist mein Spiegelbild.«

»Spinn doch nicht, ich bin nicht du«, sagte das Spiegelmädchen und als Beweis schob sie erst die eine Hand aus dem Spiegel, dann die andere.

»Los, hilf mir raus«, sagte sie und streckte Ellen die Hand hin.

Ellen zog daran und das Spiegelmädchen kletterte aus dem Spiegel ins Waschbecken und dann auf den Badezimmerboden.

»Was für ein seltsames kleines Zimmer!«, sagte sie.

»Es ist nicht *so* klein!« sagte Ellen. Und das stimmte – im Badezimmer gab es genügend Platz für drei der großen Topfpflanzen, die ihre Mutter so mochte.

Das Spiegelmädchen lachte. »Das Badezimmer im Palast ist mindestens zehnmal so groß«, sagte sie.

»Im *Palast*?«, wiederholte Ellen.

»Natürlich. Wo, glaubst du denn, lebt eine Prinzessin?«

»Bist du denn eine Prinzessin?«

»Aber sicher. Ich bin Prinzessin Spiegelschön. Du müsstest jetzt eigentlich einen Knicks machen, aber weil du meine Freundin bist, erlasse ich es dir.«

»Aber ... du siehst gar nicht aus wie eine Prinzessin«, sagte Ellen. »Du siehst aus wie ich. Du hast den gleichen Pyjama und auch nur einen Pantoffel an. Du hast sogar das gleiche Pflaster auf dem Finger, genau wie ich.«

»Das ist nur meine Ausgehkleidung«, sagte Spiegelschön. »Im Palast trage ich normalerweise Kleider aus Silber und Seide, wie der Mond.« Sie dachte einen Moment lang nach, dann fügte sie hinzu: »Oder eines aus goldenem Satin, wie die Sonne. Und außerdem habe ich den Pantoffel am *linken* Fuß und das Pflaster auf dem *rechten* Finger. Bei dir ist es umgekehrt.«

Ellen fand diesen Unterschied nicht besonders wichtig, aber sie wollte nicht anfangen zu streiten, deshalb fragte sie Spiegelschön: »Warum hast du das Pflaster? Hast du dich auch mit dem Brotmesser geschnitten, wie ich?«

»Nein, natürlich nicht«, sagte Spiegelschön. »Ich bin von einer bösen Fee in den Finger gestochen worden.«

»Genau wie Dornröschen«, sagte Ellen. »Hast du auch hundert Jahre schlafen müssen?«

»Nein, zweihundert«, sagte Spiegelschön. »Ich bin erst heute Morgen aufgewacht.« Sie gähnte laut, wie um das zu beweisen.

»Hast du das Pflaster vor dem Einschlafen draufgeklebt oder erst, nachdem du aufgewacht bist?«, fragte Ellen, aber Spiegelschön wollte diese Frage offenbar nicht beantworten. Stattdessen steckte sie den Stöpsel in die Badewanne und drehte die Wasserhähne auf.

»He, was machst du da?«, fragte Ellen.

»Ich bereite die Behandlung vor, was hast du denn gedacht?«

»Was für eine Behandlung?«

»Gegen Drachenpocken, natürlich.«

»Aber ich habe keine Drachenpocken!«

»Aber ich«, sagte Spiegelschön. »Und ich sage dir, wie ich sie bekommen habe. Letzte Woche war ich im Palastgarten und spielte mit meinem goldenen Ball, als ...«

»Hast du letzte Woche nicht noch geschlafen?«, unterbrach sie Ellen. »Hast du nicht gesagt, du wärst erst heute Morgen aufgewacht?«

»Ich wünschte, du würdest aufhören, so viel zu fragen. Ich wollte gerade sagen, dass ein riesiger Drache herabgeflogen ist und mich gefangen hat. Zum Glück kam ein Ritter und hat mich gerettet, aber als ich zum Palast zurückkehrte, bekam ich plötzlich all diese Pocken. Meine Mutter, die Königin, hat den Arzt rufen lassen, und er sagte, ich habe die Drachenpocken erwischt.«

»Nun, mein Arzt hat gesagt, ich hätte Windpocken«, sagte Ellen.

»Ich nehme an, du bist vom Wind gefangen worden, oder?«, sagte Spiegelschön. »Das ist natürlich nicht so spannend. Aber ich nehme an, die Behandlung ist gleich.« Sie nahm das Schaumbad und kippte fast die ganze Flasche ins Wasser.

»Das ist viel zu viel!«, schrie Ellen.

Aber Spiegelschön untersuchte den Wandschrank und war viel zu beschäftigt, um zu antworten. »Das da sieht auch gut aus«, sagte sie.

»Aber das ist die Rasiercreme von meinem Vater«, sagte Ellen.

»Es ist hübsch und schaumig«, sagte Spiegelschön und drückte ein bisschen in die Badewanne. »Und das da sieht sehr passend aus«, sagte sie und schraubte den Deckel der Pfefferminz-Zahnpasta ab, die rote und grüne Streifen hatte. »Schöne Farben«, sagte Spiegelschön und drückte fast die ganze Zahnpasta in die Wanne.

Ellen war erst erschrocken, doch dann kicherte sie.

»Sollen wir auch noch ein bisschen von Lukes Haargel hineintun?«, fragte sie. Ellens großer Bruder hatte in der letzten Zeit angefangen, sich für sein Aussehen zu interessieren, und schmierte sich immer ein glänzendes, klebriges Zeug in die Haare.

»Eine gute Idee«, sagte Spiegelschön.
Ellen drückte das Gel aus der Tube in die Wanne. Das geschah Luke recht, für all die Male, die er den Föhn in Beschlag genommen hatte.

Spiegelschön kippte noch eine Flasche orangefarbenes Shampoo dazu und betrachtete nachdenklich das Badewasser. »Wir brauchen noch ein Mittel mehr«, sagte sie. »Ich weiß!« Sie nahm das Parfümfläschchen der Mutter und verspritzte es fröhlich.

Ellen, der die ganze Sache langsam Spaß machte, erschrak. Ihre Mutter tippte nur immer ein winziges Tröpfchen Parfüm hinter die Ohren. Und nun roch das Badezimmer wie ein Blumenladen.

»Und jetzt gehen wir rein«, sagte Spiegelschön.
Einen Moment später saßen sie beide bist zur Brust in Schaum, Creme, Gel und Zahnpasta.

»Ich merke schon, dass die Behandlung wirkt, du auch?«, sagte Spiegelschön und warf eine Handvoll Schaum auf Ellen. Ellen machte es nach und ein bisschen Zahnpasta landete auf der Pocke auf Spiegelschöns Nase.

Ellen bemerkte, dass Spiegelschön einen blassen Streifen um das Handgelenk hatte, genau wie sie.

»Wir haben beide Streifen von Uhrenarmbändern«, sagte sie. »Hast du deine Uhr auch verloren?«

Spiegelschön schaute sie hochmütig an und sagte: »Dieser Streifen ist nicht von einer *Uhr*. O nein. Er stammt von einem magischen Wunschband.«

»Ein Wunschband! Hast du dir alles wünschen können, was du wolltest?«

»Natürlich«, sagte Spiegelschön. »Und auch solche Sachen, die andere Leute *nicht* wollten.«

»Wie zum Beispiel?«

»Nun, einmal habe ich gewünscht, dass ein Wurm im Palastgarten so groß wird wie eine Schlange und den Gärtner erschreckt.«

»Und? Hat es geklappt?«

»Ja. Das einzige Problem war, dass ich sein Wachsen nicht stoppen konnte. Er ist gewachsen und gewachsen, bis er den ganzen Garten ausgefüllt hat. Wir mussten ihn auf eine Insel verbannen, aber er ist immer noch weiter gewachsen.«

»Konntest du dir nicht wünschen, dass er wieder klein wird?«

Spiegelschön verzog einen Moment lang verärgert das Gesicht, doch dann klärte sich ihre Miene auf und sie sagte: »Nein, weil ich das Band ins Meer geworfen hatte und es von einem Fisch verschluckt worden war. Zum Glück habe ich den Fisch letzte Woche gefangen.«

Ellen überlegte, ob sie Spiegelschön noch einmal daran erinnern sollte, dass sie doch selbst gesagt hatte, sie habe letzte Woche geschlafen. Aber dann tat sie es nicht. Es würde Spiegelschön nur ärgern. Es war viel netter, ihren Geschichten zu lauschen, auch wenn sich manche anhörten, als wären sie ein bisschen geschwindelt.

»Es tut mir gar nicht mehr so Leid, dass ich die Delfinschau verpasse«, sagte sie.

»Ist *das* alles, was du verpasst?«, fragte Spiegelschön. »*Ich* verpasse die Seemonsterschau.«

Eine Weile lang taten sie, als wären sie Delfine und Seemonster, und spritzten viel Wasser und Schaum aus der Wanne.

»Deine Drachenpocken sind noch nicht weg«, sagte Ellen.

»Sei doch nicht so ungeduldig«, sagte Spiegelschön. »Wir haben das zweite Stadium noch nicht erreicht.«

»Was ist das?«

»Steig raus, dann zeige ich es dir«, sagte Spiegelschön. Beide stiegen aus der Wanne und Spiegelschön nahm eine Rolle Klopapier und wickelte Ellen damit ein. Sie fing bei den Füßen an und arbeitete sich nach oben.

»Ich fühle mich wie eine ägyptische Mumie«, sagte Ellen und lachte.

Spiegelschön kam zu Ellens Gesicht. Sie wickelte das Papier weiter um sie, bis Ellen nichts nichts mehr sehen konnte.

»Jetzt musst du bis hundert zählen«, sagte sie.

»Und was ist mit dir?«, fragte Ellen.

»Um mich kümmern wir uns später«, sagte Spiegelschön.

Ellen fing an zu zählen. Sie konnte hören, wie Spiegelschön im Badezimmer herumlief und wie unten Frau Foster-Smith »Der plätschernde Bach« spielte. Bei ihr hörte es sich eher an wie ein »Tosender Ozean«.

Als Ellen ungefähr bei achtzig war, hörte sie Spiegelschön etwas sagen, was sich anhörte wie: »Au! Blöde alte Hähne!«

Als sie bei hundert angekommen war, versuchte Ellen, das Klopapier abzuwickeln, aber es hatte sich verheddert.

»Hilf mir, Spiegelschön«, sagte sie. Aber alles blieb still.

Ellen schaffte es, das Klopapier von ihren Augen zu ziehen, aber Spiegelschön war nirgendwo zu sehen.

»Spiegelschön! Wo bist du?«, rief Ellen. Spiegelschöns Pyjama war ebenfalls verschwunden. Hatte sie ihn vielleicht angezogen und war hinausgegangen?

Ellen machte die Tür auf. Vielleicht war Spiegelschön schon hinuntergegangen. Ellen war noch immer zur Hälfte in Klopapier gewickelt, aber das kümmerte sie nicht. Sie ging die Treppe hinunter, auf der Suche nach Spiegelschön.

Als sie noch sechs Stufen vom Ende der Treppe entfernt war, geschahen zwei Dinge gleichzeitig: Ellen stolperte und fiel hinunter und Frau Foster-Smith kam aus dem Wohnzimmer. Ellen krachte in sie hinein. Frau Foster-Smith stieß einen Schrei aus.

»Ellen! Was *tust* du da?«, fragte ihre Mutter, die hinter Frau Foster-Smith aus dem Wohnzimmer kam.

»Das ist das zweite Stadium. Es hat alles mit den Drachenpocken zu tun«, erklärte Ellen. »Spiegelschön hat gesagt, dass die Behandlung für Windpocken ganz genauso ist. Man braucht Schaumbad und Zahnpasta und Haargel und ...«

»Das Kind fantasiert«, sagte Frau Foster-Smith. »Sie fiebert. Ich glaube, wir sollten den Arzt rufen.«

»Ich denke nicht, dass es so schlimm ist«, sagte die Mutter. »Geh und zieh deinen Pyjama wieder an, Ellen, ich bin in einer Minute bei dir. Ich sehe Sie also nächste Woche zur gleichen Zeit, Frau Foster-

Smith. Und wie gesagt, Sie können vielleicht versuchen, die Stücke ein bisschen leiser zu spielen.«

Im Badezimmer befreite sich Ellen vom Klopapier. Sie hatte gerade wieder ihren Pyjama angezogen, als ihre Mutter hereinkam. Erschrocken betrachtete sie die leeren Tuben und Flaschen und den Schaum überall.

»Was für ein schreckliches Durcheinander!«, sagte sie.

»Das habe ich nicht gemacht – nicht so viel, jedenfalls. Es war Spiegelschön. Sie ist aus dem Spiegel gekommen.«

»O ja, und ich nehme an, sie ist jetzt wieder in den Spiegel zurückgegangen.«

Ellen betrachtete den Spiegel. Er war mit Zahnpastaspritzern bedeckt.

»Ich glaube, du hast Recht«, sagte sie.

Die Mutter wischte die Spritzer vom Spiegel. Ellen schaute hinein. Das Mädchen, das ihr entgegenblickte, sah *aus* wie Spiegelschön, aber sie bewegte sich, wenn Ellen sich bewegte: Es war einfach ihr eigenes Spiegelbild.

Ellen runzelte die Stirn, auf einmal fühlte sie sich unsicher. Vielleicht hatte sie sich Spiegelschön ja auch nur eingebildet, war das möglich? Ihr Spiegelbild runzelte ebenfalls die Stirn.

Die Mutter huschte durch den Raum, wischte und räumte das Durcheinander auf. Am schlimmsten war es, als sie entdeckte, wie wenig Parfüm in ihrem Fläschchen übrig geblieben war.

»Ich weiß, ich lasse dich oft allein, wenn ich Klavierunterricht gebe«, sagte sie. »Aber ich habe geglaubt, du wärst alt genug, so etwas nicht zu tun. Du solltest im Bett liegen mit deinen Windpocken – obwohl ich sagen muss, dass sie ein bisschen besser aussehen. Diese große Pocke auf deiner Nase scheint verschwunden zu sein!«

Dann entdeckte sie etwas im Becken und hob es erstaunt hoch.

»Schau mal, da ist dein linker Pantoffel!«, sagte sie. »Ich bin froh, dass er endlich wieder aufgetaucht ist.«

Ellen sagte nichts (das würde ihre Mutter nur wieder ärgern), aber sie lächelte in sich hinein, als sie den Pantoffel anzog. Sie wusste, wessen Pantoffel es wirklich war.

2

Ellens Schloss

Ellen und ihre Mutter waren in einem großen Kaufhaus in einer der Umkleidekabinen. Sie wollten ein Kleid für Ellen kaufen, das sie bei der Hochzeit ihrer älteren Cousine anziehen sollte, aber nichts gefiel ihnen so richtig.

»Diese grünlich-blaue Farbe steht dir gut«, sagte Ellens Mutter, »aber das Kleid ist dir zu eng. Ich schau mal nach, ob es eine Nummer größer da ist.«

Ellen war es egal, *welches* Kleid sie zur Hochzeit anzog. Niemand würde sie anschauen, sie war nämlich nicht als Brautjungfer ausgesucht worden, etwas, was sie ärgerte. Sie versuchte vor dem Spiegel ihr scheußlichstes Gesicht zu machen – das Gesicht, bei dem ihre Augen so rollten, dass man sie fast nicht mehr sah, und bei dem sich ihre Unterlippe über die obere schob. Wenn sie das bei der

Hochzeit machte, würden die Leute sie sehr wohl anschauen. Aber natürlich war sie zu schüchtern, das auch zu machen, wenn es so weit war.

Diesmal schien ihr Gesicht aber nicht richtig zu funktionieren. Die Augäpfel im Spiegel rollten in ihre normale Stellung zurück, auch der Mund sah wieder ganz normal aus, dann ging er auf und sagte: »Du siehst aus wie diese böse Fee – diese, die mir in den Finger gestochen hat.«

»Spiegelschön!«, rief Ellen. »Was tust du hier?«

Spiegelschön stieg aus dem Spiegel. Sie trug ein enges, grünlich-blaues Kleid, genau wie das, das Ellen anhatte.

»Ich sehe, du bist umgezogen«, sagte sie und schaute sich um.

»Das hier ist keine Wohnung, sondern ein Geschäft«, sagte Ellen, aber Spiegelschön hörte nicht zu. Sie hatte Ellens Mantel vom Boden aufgehoben, wo er, das Innere nach außen gewendet, gelegen hatte, und drehte ihn so, dass das karierte Futter nach außen kam.

»Nicht schlecht«, sagte sie mit einem Blick auf ihr Spiegelbild.

»Komm, schauen wir mal, was dein Koch Gutes zum Mittagessen gekocht hat.« Und sie ging aus der Umkleidekabine.

»Nein! Halt!«, schrie Ellen. »Gib mir meinen Mantel zurück!«

Sie rannte hinter Spiegelschön her, die sich fröhlich zwischen Kleiderstangen und Ständern hindurchschlängelte.

»Du hast doch eine Menge Kleider«, sagte sie,

als Ellen sie eingeholt hatte. »Fast so viele wie ich, natürlich nicht so schöne. Ich glaube nicht, dass du ein Ballkleid aus Rosenblättern hast, zusammengenäht mit Spinnenfäden, oder?«

»Nein, habe ich nicht«, sagte Ellen. »Aber ich glaube auch nicht, dass ich eines will. Verwelken die Blütenblätter denn nicht?«

Spiegelschön dachte einen Moment lang nach, dann sagte sie: »Nein, sie sind in einen Zauberbrunnen getaucht worden, das hält sie für immer frisch.«

Inzwischen hatten sie die Rolltreppe erreicht. Spiegelschön hopste darauf. »Das macht Spaß«, sagte sie. »Führt sie hinunter bis zum Burgverlies?«

»Nein«, sagte Ellen, die neben ihr fuhr. »Sie führt hinunter zur Lebensmittelabteilung.«

»Du meinst den Festsaal, oder?«, fragte Spiegelschön. »O gut, ich bin am Verhungern.«

Sie sprangen von der Rolltreppe und

landeten im Obst- und Gemüsebereich der Lebensmittelabteilung.

Spiegelschön nahm eine Kartoffel und legte sie angeekelt wieder hin.

»Sie ist roh!«, sagte sie. »Glaubt euer Koch denn, wir würden das essen?« Sie kontrollierte die Kohlköpfe und den Blumenkohl. »Was für ein Festessen soll *das* denn sein?«, fragte sie. »Nichts von all dem Zeug ist gekocht.«

»Es *soll* nicht gekocht sein, die Leute nehmen es mit nach Hause und kochen es dort«, versuchte Ellen zu erklären. »Schau, Spiegelschön, gib mir meinen Regenmantel. Ich muss zu meiner Mutter zurückgehen.«

»Diese Äpfel sehen gut aus«, sagte Spiegelschön, nahm einen Apfel und biss hinein. Dann nahm sie einen anderen und tat das Gleiche.

»Bei solchen roten und grünen Äpfeln nehme ich immer nur einen Bissen von der grünen Seite«, erklärte sie. »Man kann nicht vorsichtig genug sein, schließlich könnte eine böse Königin herumlaufen und die roten Seiten vergiften. Du weißt doch, was mit meiner Freundin Schneewittchen passiert ist.« Sie biss in einen anderen Apfel.

In diesem Moment tauchte eine Verkäuferin auf. »Hör auf, das Obst zu essen«, sagte sie zu Spiegelschön.

»Fangen Sie doch an, das Gemüse zu kochen!«, antwortete Spiegelschön.

Die Verkäuferin machte ein verblüfftes Gesicht und fragte Spiegelschön, wo ihre Mutter oder ihr Vater seien.

»Sie sitzen auf ihren Thronen, nehme ich an«, sagte Spiegelschön. »Komm, Ellen, gehen wir in dein Schlafzimmer und spielen.« Sie schnappte Ellens Hand und zog sie in den Fahrstuhl.

»Geht das Ding hinauf zu den Zinnen?«, fragte sie, als sich die Fahrstuhltür schloss.

»Nein«, sagte Ellen. »Du scheinst zu glauben, dass dieses Haus eine Art Burg oder Schloss ist, aber das ist es nicht, es ist ein …«

»Aha. Hier ist dein Schlafzimmer«, sagte Spiegelschön, als sich die Fahrstuhltür im zweiten Stock öffnete. Sie waren in der Möbelabteilung. Spiegelschön stürzte an ein paar Sesseln und Sofas vorbei zu einer Ecke voller Betten und Matratzen. Sie warf sich auf ein Doppelbett und sprang fast sofort wieder herunter.

»Ich hoffe, dass du nicht in diesem Bett da schläfst«, sagte sie. »Ich könnte darin kein Auge zumachen.«

»Nein, tu ich nicht«, sagte Ellen. »Das ist nicht mein ...«

»Gut«, sagte Spiegelschön. »Da unter der Matratze ist nämlich eine Erbse.«

»Woher weißt du das?«

»Wir Prinzessinnen wissen das immer«, sagte Spiegelschön und legte sich auf ein anderes Bett.

»Uff!«, sagte sie. »Unter dem ist eine gebackene Bohne – eine schreckliche Beule. Leg dich hin, vielleicht spürst du es ja auch.«

Ellen kicherte. Sie schaute sich um. Keine Verkäuferin war in Sicht. Sie legte sich neben Spiegelschön auf das Bett. Es federte hervorragend und war wunderbar bequem.

»Ich kann nichts fühlen«, sagte sie.

»Das liegt bestimmt daran, dass du keine Prinzessin bist«, sagte Spiegelschön. »Normale Leute müssen hüpfen, um Erbsen und Bohnen unter den Matratzen zu spüren. So.« Sie sprang auf die Füße und begann auf dem Bett herumzuhüpfen.

»Los, du auch!«, sagte sie.

Wieder schaute Ellen sich um. Noch immer war keine Verkäuferin zu sehen. Sie machte es Spiegelschön nach, und bald sprangen beide so wild auf dem Bett herum, dass die Sprungfedern der Matratze quietschten.

»Das ist fast so gut wie das Trampolin in der Schule«, sagte Ellen atemlos.

»Es ist nicht so gut wie das Trampolin im *Palast*«, sagte Spiegelschön. »Einmal bin ich davon direkt in die Wolken gesprungen.«

»Bist du heil wieder unten angekommen?«

»Nein, bin ich nicht«, sagte Spiegelschön. »Der Nordwind hat mich oben in der Luft gepackt und ins Eisland getragen.«

»Was ist dort passiert?«

Aber Ellen fand das nie heraus, denn in diesem Moment rannte ein zornig aussehender Verkäufer auf sie zu.

»Los! Rennen!«, sagte Ellen.

Aber Spiegelschön hatte eine andere Idee. Sie hüpfte vom Bett und ging auf den Verkäufer zu und sah ebenso zornig aus wie er.

»Ach, da sind Sie ja endlich!«, sagte sie, bevor er ein Wort herausbekam. »Ich wollte mich über den Zustand dieses Schlafzimmers beschweren. Erbsen und Bohnen unter allen Matratzen – es ist schrecklich! Machen Sie sich sofort an die Arbeit und holen Sie sie heraus, sonst werden Sie aus dem Schloss entlassen.« Mit diesen Worten hakte sie sich bei Ellen unter, drehte sich um und führte sie zur Rolltreppe. Der Verkäufer starrte ihnen mit offenem Mund hinterher, als sie zur Spielwarenabteilung hinauffuhren.

»So, und das ist dein Spielzimmer, nicht wahr?«, fragte Spiegelschön.

Ellen versuchte zu erklären, dass dies nicht *ihre* Spielsachen waren, aber Spiegelschön kippte schon die Teile eines Puzzles auf den Fußboden.

»Bei dem gibt es zu viel Himmel«, sagte sie und ging weiter.

»Räumst du das nicht auf?«, fragte Ellen.

»Wozu? Damit die faulen Diener noch fauler werden? Bestimmt nicht.«

Spiegelschön lief den Gang zwischen den Spielzeugen entlang, kippte verschiedene Schachteln aus und war nicht zufrieden, bis sie ein Regal mit Kuscheltieren fand. Da gab es Teddybären, Hasen, Hunde und Affen, aber Spiegelschön nahm einen grünen Plüschfrosch und küsste ihn auf die Nase. »Warum tust du das?«, fragte Ellen.

»Ich verwandle ihn in einen Prinzen«, sagte Spiegel schön. »Prinzessinnen können das, weißt du.«

»Sogar *Plüschfrösche?*«

»Ja, sie verwandeln sich in Plüschprinzen, das ist alles. Dieser da will aber offenbar ein Frosch bleiben«, sagte Spiegelschön. »Gut, du dummes Tier, dann fort mit dir.«

Sie warf den Frosch quer durch den Laden und wandte ihre Aufmerksamkeit einem Teddy zu.

»Ich habe es noch nie bei einem Bären versucht«, sagte sie.

Aber Ellen bemerkte einen Mann, der aus der Richtung, wo der Frosch gelandet sein musste, auf sie zukam. Er sah noch zorniger aus, als der Bettenmann ausgesehen hatte. Erschrocken zog sie Spiegelschön am Ärmel, aber Spiegelschön schien erfreut zu sein, als sie den Mann sah.

»Siehst du nicht, es ist der *Prinz*«, sagte sie. »Er sieht nicht aus wie ein sehr schöner Prinz, finde ich.« Und als der Mann näher kam, sagte sie: »Sie sehen auch nicht sehr pelzig aus.« Und als er vor ihnen stand: »Abgesehen von Ihrem komischen wollenen Schnurrbart.«

»Was glaubst du denn, was du da machst?«, fragte der Mann.

»Wollen Sie sich nicht bedanken?«, sagte Spiegelschön zu ihm.

»Wofür, dafür, dass du Spielsachen herumwirfst?«

»Nein, dafür, dass ich den Zauber gebrochen habe, natürlich«, sagte Spiegelschön. »Aber wenn ich gewusst hätte, was für ein schlecht gelaunter Prinz Sie werden würden, hätte ich mich nicht darum gekümmert. Ich kann der Hexe, die Sie zuerst in einen Frosch verwandelt hat, keinen Vorwurf machen. Komm, Ellen.«

Sie drehte sich um und ging energisch davon, während sie über ihre Schulter rief: »Und wenn Sie glauben, Sie könnten mich heiraten, haben Sie sich geirrt.«

Der Mann stand ein paar Sekunden lang wie festgewurzelt an der Stelle, zu verblüfft, um ihnen zu folgen. Bis er das tat, waren Spiegelschön und Ellen schon im Fahrstuhl verschwunden. Spiegelschön drückte auf den obersten Knopf.

»Vielleicht bringt *der* uns endlich zu den Zinnen«, sagte sie.

»Auf dem Schild steht ›Verwaltung‹«, sagte Ellen.

Als sie ausstiegen, waren sie in einem langen Flur, von dem einige Türen abgingen. Eine der Türen war nur angelehnt und Ellen hörte eine bekannte Stimme herausdringen.

»Ich bin nur kurz weggegangen, um ein anderes Kleid zu suchen, und als ich zurückkam, war sie nicht mehr da.«

Ellen konnte es nicht ertragen, dass ihre Mutter sich so aufgeregt anhörte.

»Komm mit«, sagte sie zu Spiegelschön und rannte in den Raum. Dort saß ihre Mutter mit einer anderen Dame.

»Oh, da bist du ja, Liebling«, sagte ihre Mutter und umarmte sie. »Wo hast du denn gesteckt?«

»Ich war mit Spiegelschön zusammen. Sie hat meinen Mantel genommen, deshalb musste ich ihr folgen«, sagte Ellen. »Sie ist draußen.«

Sie nahm die Hand ihrer Mutter und zog sie in den Flur. Dort war niemand.

»Sie haben kein weiteres kleines Mädchen erwähnt«, sagte die Frau vom Kaufhaus zur Mutter.

»Es gibt auch keines – es ist die eingebildete Freundin meiner Tochter.«

»Sie ist nicht eingebildet, sie ist echt«, protestierte Ellen.

Das Licht über dem Fahrstuhl zeigte, dass er noch immer im obersten Stockwerk war. »Sie muss da drin sein«, sagte Ellen und drückte auf den Knopf.

Die Türen gingen auf. Außer einem zerknitterten Regenmantel mit dem karierten Futter nach außen, der auf dem Boden lag, war der Fahrstuhl leer. Wo um Himmels willen war Prinzessin Spiegelschön?

Erst da bemerkte Ellen etwas, was ihr eigentlich vorher hätte auffallen sollen.

Die Wände des Fahrstuhls waren mit Spiegeln bedeckt.

Prinzessin Spiegelschön war verschwunden!

3

Schneewittchen und die acht Zwerge

Ellens großer Bruder Luke sang mal wieder.

»Sieben kleine Hüte auf sieben kleinen Betten, sieben kleine Kissen auf sieben kleinen Knien«, sang er. Er stand auf einer Leiter und malte die Zweige eines Baums auf eine Leinwand. Ein Farbklecks landete auf Ellens Hand. Sie hockte auf dem Gerüst und malte den Baumstamm.

Ellen seufzte tief – mehr wegen des Lieds als wegen des Farbkleckses. Luke sang das Lied von den sieben Zwergen fast die ganze Zeit, seit er sich der örtlichen Schauspielgruppe angeschlossen und eine Rolle im Weihnachtsspiel bekommen hatte.

»Sieben Paar Hosen auf vierzehn kleinen Beinchen«, sang er jetzt.

»Niemand könnte deine Beine klein nennen«, sagte Ellen. »Du solltest einen Riesen spielen, keinen Zwerg.«

»Es gibt keine Riesen in *Schneewittchen*, Dummkopf«, sagte Luke. »Übrigens, ich habe dir schon gesagt, dass wir auf den Knien herumlaufen.«

»Damit Sally Hart dich auf den Kopf schlagen kann«, sagte Ellen.

Sie wusste, das Luke verrückt nach Sally Hart war. Ehrlich gesagt, sie glaubte, dass er nur mitspielte, weil Sally das Schneewittchen spielte.

Luke wurde rot, aber er sagte nur: »Halt den Mund oder ich besorge dir keine Karte für heute Abend.«

An diesem Abend fand die erste Aufführung von *Schneewittchen* statt, und der Direktor hatte im letzten Moment entschieden, dass der Wald noch ein paar zusätzliche Bäume brauchte. Luke hatte sich freiwillig angeboten, sie zu malen, und die Mutter hatte ihn überredet, Ellen mitzunehmen.

Obwohl Ellen zu schüchtern war, um selbst mitzuspielen, gefiel es ihr auf der Bühne vor all den leeren Sitzen. Aber Luke erlaubte ihr nicht, auf die Leiter zu steigen, und bald hatte sie den unteren Teil von zwei Baumstämmen gemalt.

Luke war ziemlich vertieft in die Blätter und Eicheln und sang die ganze Zeit dieses langweilige Lied. Er schien es gar nicht zu merken, dass Ellen sich aufmachte, um das Theater zu erforschen. Sie öffnete eine Tür in dem schmalen Gang hinter der Bühne.

Der Raum war dunkel und Ellen machte das Licht an – oder besser, die Lichter: Es gab eine ganze Reihe von Glühbirnen und alle schienen hell über einem langen Spiegel. Das musste eine der Garderoben sein.

Ein paar Bärte hingen an einer Reihe Haken. Vermutlich gehören sie den sieben Zwergen, dachte Ellen. Sie nahm einen Bart und probierte ihn an. Er kitzelte ziemlich.

»Sieben kleine Bärte an sieben kleinen Kinnen«, sang sie in den Spiegel.

»Und sieben schimmlige Blumenkohle in sieben stinkigen Kisten«, sang ihr Spiegelbild zurück.

Aber natürlich war es nicht ihr Spiegelbild. Es war Prinzessin Spiegelschön.

Ellen drehte sich schnell um und hoffte, Spiegelschön würde im Spiegel bleiben. Spiegelschön war die Letzte, die sie jetzt sehen wollte. Ihre gemeinsamen Abenteuer hatten Ellen immer in Schwierigkeiten gebracht.

Aber es war zu spät. Spiegelschön war aus dem Spiegel geklettert und klopfte Ellen auf die Schulter.

»Komm, schauen wir uns deinen Bart an«, sagte sie. Und als Ellen sich umdrehte: »Ich würde ihn mir abrasieren, wenn ich du wäre, er steht dir nicht.«

»Es ist nur ein Bart zum Spielen«, sagte Ellen. »Übrigens, du hast auch einen.«

»Ich weiß.« Spiegelschön seufzte. »Der Frisör hat den

falschen Zauberspruch gesagt und deshalb habe ich jetzt keine kurzen Haare, sondern einen Bart.«

»Konnte der Frisör nicht einfach eine Schere benutzen statt eines Zauberspruchs?«, fragte Ellen.

»Du lieber Himmel, nein«, sagte Spiegelschön. »Ein normaler Frisör hätte das vielleicht gekonnt, aber es ist der Palastfrisör, von dem wir sprechen.«

Sie drehte sich zu einem Ständer mit Kostümen, nahm ein Vogelkostüm vom Bügel und hielt es sich vor.

»Häng's zurück!«, rief Ellen, und dann: »Du hast alles schon mit Farben verschmiert.«

Beide betrachteten Spiegelschöns linke Hand, die voller Farbe war, genau wie Ellens rechte.

»Hast du auch Bäume gemalt?«, fragte Ellen.

»Nein, natürlich nicht.« Spiegelschön sah nachdenklich aus, als sie das Vogelkostüm wieder aufhängte.

»Nein, die Bäume haben *mich* gemalt«, sagte sie.

Ellen musste lachen. »Wie können sie das?«, fragte sie.

»Nicht *alle* Bäume können das«, antwortete Spiegelschön.

»Nur die im Zauberwald. Sie biegen ihre Zweige nach unten und tauchen sie in den schlammigen See und malen jeden an, der vorbeikommt.«

»Wie seltsam«, sagte Ellen.

»Ich finde es genauso seltsam, dass Menschen Bäume malen, du hast doch gesagt, du hättest das gerade getan«, sagte Spiegelschön.

»Es sind keine wirklichen Bäume«, erklärte Ellen. »Sie sind für ein Spiel.«

Spiegelschön sah interessiert aus. »Kann ich helfen?«, fragte sie.

»Nein, bestimmt nicht«, sagte Ellen erschrocken, aber Spiegelschön war ganz aufgeregt.

»Was für Bäume sind das?«, fragte sie. »Ich kann besonders gut Bananen malen. Und Ananas.«

»Ananas wachsen nicht an Bäumen und außerdem ...« Ellen brach ab, weil sie die Bühnentür hörte.

»Ellen! Wo bist du?« Das war Lukes Stimme.

»Ich komme!«, rief Ellen. Dann zischte sie Spiegelschön zu: »Geh zurück in den Spiegel. Und bring die Kostüme nicht durcheinander! Und *lass die Finger von den Bäumen*!«

An diesem Abend war Ellen wieder im Theater. Sie saß im Publikum, neben der Mutter und dem Vater. Gleich würde *Schneewittchen* anfangen.

Die Mutter drückte Ellens Hand. »Du siehst nervös aus«, sagte sie. »Mach dir keine Sorgen. Ich bin ganz sicher, dass Luke alles richtig macht.«

Aber Ellen war nicht wegen Luke nervös, sondern wegen Spiegelschön. Was hatte sie an diesem Nachmittag im Theater alles angestellt? Ellen hatte Angst, die Bäume könnten, wenn der Vorhang aufging, voller tropischer Früchte hängen und die Kostüme wären alle mit Farbe verschmiert.

Der Vorhang ging auf. Keine Bananen und keine Ananas waren zu sehen. Der Wald sah wunder-

schön aus. Der Vater beugte sich über Mutters Sitz und flüsterte: »Sehr schön gemalte Bäume, Ellen.«

Sally Hart – oder richtiger, Schneewittchen – sah mit ihren schwarzen Haaren, den großen Augen und den rosigen Wangen ebenfalls sehr schön aus. Am Arm trug sie einen Korb und fütterte einen Schwarm hungriger Spatzen mit Brotkrumen. Keiner von ihnen hatte Farbflecken auf dem Kostüm.

Ellen seufzte erleichtert. Alles war in Ordnung. Spiegelschön musste in den Spiegel der Garderobe zurückgegangen sein.

Als Nächstes kam eine Palastszene. Die böse Königin blickte in ihren Zauberspiegel und fragte:

»Spieglein, Spieglein an der Wand, wer ist die Schönste im ganzen Land?«

Einen schrecklichen Moment lang fürchtete Ellen, dass Spiegelschön aus dem Spiegel springen und rufen würde: »Ich, das bin ich!« Aber natürlich konnte sie das nur tun, wenn Ellen in den Spiegel schaute. Reg dich nicht so auf, sagte Ellen zu sich selbst, Spiegelschön ist wieder sicher in ihrer eigenen Welt.

Als die Szene zum Haus der Zwerge wechselte, gab die Mutter Ellen einen Rippenstoß. Gleich würde Luke auf der Bühne erscheinen.

Und tatsächlich, Schneewittchen schlief in einem der Bettchen und da kamen die Zwerge durch die Tür geschlurft. Ellen wusste, dass sie auf den Knien gingen, aber die Kostüme waren so gut, mit Schuhen, die unten an die weiten Hosen genäht waren, dass man es nicht wirklich sah.

Luke spielte den Oberzwerg. Typisch, dachte Ellen. Er sagte den anderen, sie sollten ihre Jacken aufhängen und den Tisch decken. Dann fingen sie an, um den Tisch zu tanzen und das Lied zu singen, das Ellen schon so auf die Nerven ging.

»Sieben kleine Jacken an sieben kleinen Nägelchen.

Sieben kleine Eier in sieben kleinen Becherchen.«

Aber irgendetwas war falsch. Einer der Zwerge sang viel lauter als die anderen und wusste auch nicht alle Worte. Als die anderen Zwerge aufhörten zu singen und sich daranmachten, den Takt auf den Tisch zu klopfen, fuhr der Zwerg mit der lauten Stimme fort zu singen:

»Sieben dumme Leute, zählen falsch und schlecht.

Können sie nicht sehen, sieben ist nicht recht?«

Die Zuschauer lachten, als sie erkannten, dass es *acht* Zwerge waren, nicht sieben. Aber Ellen lachte nicht. Zwerg Nummer acht musste Spiegelschön sein und das führte garantiert zu ernsthaften Schwierigkeiten.

Luke auf der Bühne sah wütend aus. Er hörte auf, auf den Tisch zu klopfen, stand auf und verfolgte Spiegelschön durch den Raum. Er ver-

suchte sie durch die Tür zu jagen, aber sie wich ihm weiter aus, während sie sang:

»Acht kleine Löffel und acht kleine Becher, sechzehn kleine Socken und sechzehn große Löcher.«

Ellen hatte das Gefühl, sie müsste schreien oder mit irgendetwas werfen, aber am liebsten wäre sie selbst auf die Bühne gelaufen und hätte Spiegelschön heruntergezogen. Aber das hätte alles nur noch schlimmer gemacht. Sie konnte nur dasitzen und voller Entsetzen zuschauen.

Am Schluss gab Luke die Verfolgungsjagd auf. Mit einem letzten Blick auf Spiegelschön ging er zu dem Bett, in dem Schneewittchen schlief. Sein zorniges Gesicht bekam einen anbetenden Ausdruck, als Schneewittchen aufwachte und ein Lied sang.

»Willst du bei uns bleiben?«, bat Luke, als sie fertig gesungen hatte.

»Ja, bleib da und sorge für uns«, sagte ein anderer Zwerg.

»Wir brauchen jemanden, der uns die Bärte kämmt.«

»Und die Kleider wäscht.«

»Und die Schuhe putzt.«
»Und unser Essen kocht.«
»Und das Haus putzt.«

Alle Zwerge, außer Spiegelschön, stimmten ein.

»Es gibt nichts, was ich lieber täte!«, rief Schneewittchen aus.

Spiegelschön wandte sich an sie. »Du machst Witze«, sagte sie böse. »So etwas sollst du nicht tun – du bist eine *Prinzessin*! Du solltest dich von ihnen bedienen lassen, nicht umgekehrt.«

Das Publikum lachte – außer Ellen – und Schneewittchens Mund blieb offen. Sie tat Ellen Leid, weil sie offenbar nicht wusste, was sie sagen sollte. Doch Luke kam ihr zu Hilfe.

»Sei still!«, befahl er Spiegelschön. »Du weißt nichts über Prinzessinnen.«

»Doch, natürlich tu ich das – ich *bin* eine!«, antwortete Spiegelschön. »Ich bin nur als Zwerg verkleidet. Ich habe gedacht, Schneewittchen könnte vielleicht ein bisschen Unterstützung gegen diese schreckliche Königin brauchen. Ich bin ziemlich sicher, dass sie bald mit einem Korb vergifteter Äpfel hier vorbeikommt und ...«

»Halt den Mund, du verdirbst die ganze Geschichte!«, zischte Luke und hielt Spiegelschön den Mund zu. Schneewittchen schaute ihn bewundernd an. Luke gab jemandem außerhalb der Bühne ein Zeichen und eine Sekunde später fiel der Vorhang. Es war das Ende des ersten Akts.

»Luke ist gut, nicht wahr?«, sagte die Mutter in der Pause. »Er hat gar nicht gesagt, dass er so eine große Rolle hat.«

»Die Kleine, die den Extra-Zwerg spielt, ist zum Schreien, nicht wahr?«, sagte der Vater. »Sie hört sich ein bisschen an wie du, Ellen. Wer ist sie?«

»Keine Ahnung«, murmelte Ellen. Es lohnte nicht, ihren Eltern etwas von Spiegelschön zu erzählen, die dachten sowieso nur, sie sei eine eingebildete Freundin. Ellen leckte an ihrem Eis, aber sie war zu besorgt, um es wirklich zu genießen. Was würde Spiegelschön im zweiten Akt anstellen?

Wieder ging der Vorhang auf. Schneewittchen putzte das Haus der Zwerge. Ellen war erleichtert, dass von Spiegelschön nichts zu sehen war. Sie musste mit den anderen Zwergen zur Arbeit gegangen sein.

Die böse Königin tauchte am Fenster auf. Sie sah jetzt ganz anders aus – wie eine alte Frau – und sie hatte ein Tablett mit Äpfeln und bot Schneewittchen einen an.

»Die Zwerge haben mir verboten, etwas von einem Fremden zu kaufen«, sagte Schneewittchen.

»Du brauchst nichts zu kaufen«, erwiderte die verkleidete Königin. »Mach das Fenster auf, ich schenke dir einen!«

Schneewittchen machte das Fenster auf und nahm den Apfel. Sie sah noch immer zweifelnd aus.

»Vertraust du mir nicht?«, fragte die Königin. »Schau, ich beiße selbst hinein, zum Beweis, dass er gut ist.« Sie tat es und gab Schneewittchen den Apfel zurück.

Schneewittchen hatte schon den Mund geöffnet, da rief eine Stimme: »Halt!« Und eine zweite Figur erschien am Fenster. O nein! Es war Spiegelschön.

»Halt! Hast du nicht gemerkt, dass sie in die grüne Hälfte des Apfels gebissen hat? Die rote ist vergiftet!«, warnte sie Schneewittchen.

Schneewittchen achtete nicht auf sie und wollte schon in den Apfel beißen, als Spiegelschön ihn ihr wegriss. Sie riss auch der Königin das Tablett mit den Äpfeln aus der Hand. Im nächsten Moment stürzte sie durch die Tür ins Haus, gefolgt von der Königin.

Ein paar Stufen führten von der Bühne zum Publikum und Spiegelschön lief sie hinunter. Sie rannte zwischen den Zuschauern entlang, die wütende Königin auf den Fersen.

Als Spiegelschön Ellens Platz erreichte, flüsterte sie: »Hier, nimm«, und schob Ellen das Tablett auf den Schoß. Ellen wusste nicht, was sie machen sollte, aber sie brauchte nichts zu tun, denn die Königin riss das Tablett an sich. Spiegelschön nahm es ihr wieder ab und rannte weiter.

Inzwischen tauchte Schneewittchen, das hinter die Bühne gerannt war, wieder auf, an Lukes Hand und gefolgt von den anderen Zwergen. Sie be-

teiligten sich ebenfalls an der Verfolgung, mitten durch das Publikum und zurück zur Bühne. Luke holte die anderen ein. Er packte Spiegelschön an den Schultern und schüttelte sie.

»Gib die Äpfel zurück!«, befahl er.

»Was! *Willst* du etwa, dass Schneewittchen vergiftet wird?«, protestierte Spiegelschön. »Du bist ja ein schöner Freund!«

»Wer ist sie überhaupt?«, fragte Schneewittchen – außer dass sie sich nicht mehr wie Schneewittchen anhörte, sondern wie Sally Hart.

»Weiß ich nicht, aber wir werden es bald herausfinden!«, sagte Luke – er klang wie Luke, nicht wie ein Zwerg – und er riss Spiegelschöns Bart ab.

»Ellen, du bist es!«, rief er.

»O nein, bin ich nicht!«, sagte Spiegelschön. »Deine Schwester Ellen sitzt im Publikum, dort, schau!« Sie deutete mit dem Finger hinunter, und zu Ellens Überraschung schaute nicht nur Luke zu ihr her, sondern alle andern auf der Bühne und im Publikum.

Es dauerte allerdings nicht lange, denn bald wandten alle den Blick wieder zu Spiegelschön, die Äpfel ins Publikum warf.

»Essen Sie sie nicht *und geben Sie sie auf keinen Fall zurück*!«, befahl sie.

In diesem Moment kam ein Mann in einem Anzug auf die Bühne. Ellen erkannte ihn, es war Herr Turnbull, der Direktor. Er lief zu Spiegelschön.

»Ich weiß nicht, wer du bist oder wo du herkommst, aber jetzt solltest du besser gehen, bevor ich die Polizei rufe«, sagte er.

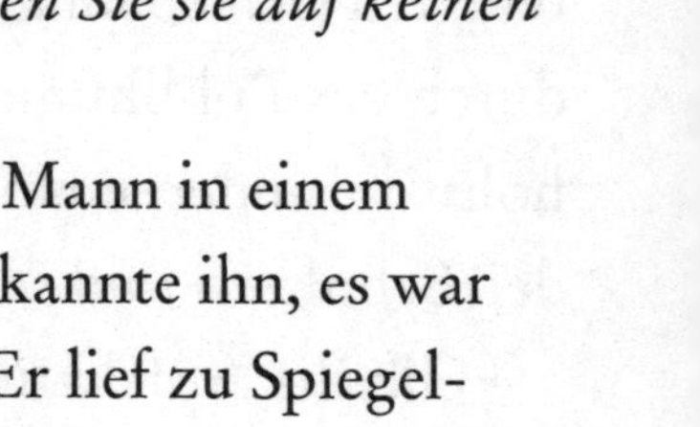

»Keine Sorge, ich gehe schon«, sagte Spiegelschön.

Herr Turnbull wollte sie packen, aber sie wich ihm aus und rannte durch die Haustür hinaus. Herr Turnbull und die Schauspieler folgten ihr und Ellen hörte die Königin rufen: »O nein! Jetzt hat sie meinen Spiegel!«

Einen Moment später kletterte Spiegelschön durch das offene Fenster zurück ins Haus der Zwerge. Sie hatte den Spiegel der Königin in der Hand. Schnell verschwand sie im Schrank, gerade als die anderen durch die Tür hereindrangen.

»Wo ist sie?«, fragte Herr Turnbull, mit dem Rücken zum Schrank. Spiegelschön streckte den Kopf heraus.

»Sie ist hinter Ihnen!«, schrie das Publikum. Herr Turnbull drehte sich um, doch jetzt war die Schranktür geschlossen.

»O nein, das ist sie nicht«, sagte Herr Turnbull.

»O DOCH, SIE IST ES!«, schrie das Publikum zurück.

Schneewittchen öffnete den Schrank und schaute hinein.

»Ist sie drin?«, fragte Herr Turnbull.

»Ich glaube nicht«, sagte Schneewittchen. Sie nahm ihren Besen und fegte im Schrank herum, um sicher zu

sein. »Was ist das?«, fragte sie, als sie einen Gegenstand aus dem Schrank fegte.

»Das ist mein Zauberspiegel«, sagte die Königin. »Sie muss also drin gewesen sein.«

»Nun, jetzt ist sie weg, Gott sei Dank«, sagte Herr Turnbull. Er wandte sich zum Publikum.

»Das alles tut mir sehr Leid, meine Damen und Herren. Wenn jemand sein Geld zurückmöchte, kann er sich beim Büro melden. Aber jetzt geht das Stück weiter!

»Sieben kleine Tassen und sieben kleine Teller«, sang die Mutter am nächsten Tag, als sie Ellen das Mittagessen hinstellte.

Luke war im Bett geblieben.

»O, Mama, bitte fang *du* nicht auch noch an!«

»Entschuldige. War Luke gestern Abend nicht toll? Ich kann es kaum erwarten, ihm den Artikel in der Zeitung zu zeigen.«

»Lass mich mal sehen.«

Die Mutter reichte Ellen die Zeitung, und das war es, was sie las:

»›Schneewittchen‹, die Aufführung der Pinkerton-Schauspieler, war ein Triumph der Komik. Die urkomische Verfolgungsszene war außerordentlich vergnüglich, ebenso die unterhaltsame Szene, in welcher der Direktor so tat, als biete er dem Publikum an, es könne sein Geld zurückbekommen.

Alle Schauspieler spielten großartig, besonders Sally Hart als Schneewittchen und Luke Page als

Oberzwerg, aber der eigentliche Star der Aufführung war das Kind, das den achten Zwerg spielte. Leider war sie nicht dabei, als die Schauspieler sich am Schluss verbeugten. Vielleicht war sie zu jung, um so lange aufzubleiben.

Ich habe nur eine Kritik anzubringen. Warum stand der Name dieses Mädchens nicht im Programm? Jeder möchte gern wissen, wer sie ist, und möchte gern mehr von ihr sehen.«

Ja, dachte Ellen. Jeder außer mir.

4

Party Hoppers

»Herzlichen Glückwunsch, Anthony«, sagte Ellen und hielt ihm ein Geschenk hin. Ihr sechsjähriger Cousin schnappte es und riss das Papier ab.

»Es ist ein Buch! Ich hasse Bücher – sie sind langweilig«, sagte er und warf es auf den Boden. »Warum hast du mir kein Video geschenkt?«

Anthony war schrecklich, und das Schrecklichste an ihm war, dass er genau zwei Jahre jünger war als Ellens Freundin Livvy. Ihre Geburtstagspartys waren am selben Tag, und ihre Mutter bestand immer darauf, dass Ellen zu Anthonys Party ging. Es war nicht gerecht – besonders dieses Jahr, als Livvys Feier zu ihrem achten Geburtstag im Schwimmbad stattfand, mit aufblasbaren Spielfiguren und hinterher Pizza im Café.

»Kommt, spielen wir ein paar Spiele vor dem Tee«, sagte Anthonys Mutter, Tante Pam, fröhlich.

Ellens Herz sank noch tiefer. Es waren immer die gleichen Spiele, den Schwanz am Esel feststecken, Päckchen weitergeben und Musikalische Stühle (was auch »Reise nach Jerusalem« genannt wird). Und Anthony gewann jedes Mal mindestens zwei der Spiele, da passte seine Mutter schon auf.

Tante Pam hängte ein Bild von einem Esel ohne Schwanz an die Wand und gab jedem Kind einen Papierschwanz, auf dem sein Name geschrieben stand.

»Nun, möchtest du nicht anfangen, Ellen, du bist doch die Älteste?«, schlug sie vor. Sie verband Ellens Augen mit einem Schal und schob sie zu dem Eselbild. Ellen steckte den Schwanz fest, ohne

etwas zu sehen, und alle lachten. Tante Pam nahm ihr den Schal ab, und Ellen sah, dass der Schwanz an einem Ohr des Esels hing.

Alle anderen Gäste kamen an die Reihe, bis dem Esel Schwänze aus den Beinen, der Mähne und der Nase wuchsen. Dann war Anthony dran. »Binde den Schal nicht zu fest!«, befahl er seiner Mutter. Als er vor dem Eselbild stand, bemerkte Ellen, wie er den Kopf in den Nacken legte, und sie vermutete, dass er unter dem Schal hervorlugte. Natürlich befestigte er den Schwanz an der richtigen Stelle.

»Großartig, Geburtstagsjunge!«, sagte Tante Pam und überreichte ihm den Preis, eine riesige Tafel Schokolade.

»Und jetzt spielen wir Tote Löwen«, sagte sie. Das war ein Spiel, bei dem man auf dem Boden liegen und versuchen musste, sich nicht zu bewegen. Wenn man sich bewegte, war man aus – es sei denn, du warst Anthony. In diesem Fall zetertest du: »Ich hab mich nicht bewegt, ich hab mich nicht bewegt, *nein*!«, bis deine Mutter dir eine weitere Chance gab.

Tante Pam holte eine Schachtel mit Schminke und schlug vor, dass die Kinder sich als

Dschungeltiere anmalen könnten – nicht nur als Löwen. Sie forderte Ellen auf, ihr zu helfen, vor dem großen Spiegel in der Diele Zebrastreifen und Tigerstreifen auf die Gesichter der jüngeren Kinder zu malen.

Die geschminkten Kinder rannten ins Wohnzimmer zurück, und Ellen blieb allein vor dem Spiegel, um sich anzumalen. Ihre Stimmung war ziemlich giftig, deshalb beschloss sie, eine Schlange zu werden. Sie nahm den grünen Stift und wollte ihr Gesicht damit bemalen, als sie auf einmal sah, dass die Lippen im Spiegel sich bewegten. Sie hörte eine vertraute Stimme.

»Bist du sicher, dass du hier eingeladen bist?«, fragte Spiegelschön.

Ellen freute sich wirklich sehr, sie zu sehen. Es stimmte zwar, dass Spiegelschön meistens Schwierigkeiten bedeutete, aber sie war so viel lustiger als Anthony und seine Freunde.

»Natürlich bin ich eingeladen, es ist die Geburtstagsparty von meinem Cousin«, antwortete Ellen und schaute sich um, um sicherzugehen, dass niemand sehen konnte, wie Spiegelschön aus dem Spiegel kroch.

Spiegelschön schaute sich ebenfalls um. »Oh, meine Liebe«, sagte sie. »Ich glaube, ich bin am falschen Platz. Ich sollte bei der Party der Waldnymphen sein. Deshalb wollte ich mir das Gesicht grün anmalen.« Wie Ellen hielt sie eine Schachtel mit Schminkstiften in einer Hand und einen grünen Stift in der anderen.

»Ich sehe, dass du dich auch grün anmalen willst«, sagte sie. »Ist dein Vetter ein Waldelf oder so etwas?«

»Nein, er ist ein Monster«, sagte Ellen und erzählte Spiegelschön von Anthony und davon, wie gern sie zu Livvys Schwimmbadparty gegangen wäre.

»Das wirst du auch tun!«, sagte Spiegelschön und hörte sich an wie die gute Fee in *Aschenputtel*.

»Los, verschwinde! Ich bleibe hier und tu so, als wäre ich du.«

Ellen fühlte sich hin- und hergerissen. »Aber, Spiegelschön ... Ich weiß nicht ... könntest du das wirklich tun?«

»Natürlich«, antwortete Spiegelschön. »Ich kann mich großartig verstellen. Um die Wahrheit zu sagen, ich habe schon ein paar Goldmedaillen dafür gewonnen.«

Ellen konnte sich das gut vorstellen. Sie hatte sich oft genug gefragt, wie viele von Spiegelschöns Geschichten überhaupt wahr waren. Trotzdem machte sie sich Sorgen, ob sie Spiegelschön wirklich bei Anthonys Party zurücklassen sollte.

»Aber du musst dich so benehmen wie *ich*, nicht wie *du*«, sagte sie. »Du musst schüchtern und sensibel sein, und du musst mir versprechen, nicht zu ...« Aber sie beendete den Satz nicht, denn sie hörte, wie Tante Pam sie rief.

»Ich komm schon!«, sagte Spiegelschön und lief ins Wohnzimmer. Sie hatte keine Wahl mehr. Ellen kroch zur Haustür und dann hinaus.

Das Schwimmbad war nicht so weit von Anthonys Haus. Ellen rannte den ganzen Weg.

Livvy und die anderen Gäste waren gerade erst angekommen und Livvys Mutter verteilte Münzen für die Schließfächer.

»Ellen!«, rief Livvy. »Toll – ich habe gedacht, du müsstest zur Party von deinem Cousin. Wo sind deine Schwimmsachen?«

»Oh, die habe ich zu Hause vergessen«, sagte Ellen.

Sie kam sich blöd vor, vor allem, weil sie immer noch die Schachtel mit den Schminkfarben in der Hand hielt.

»Soll ich deine Mutter anrufen und sie bitten, die Sachen zu bringen?«, bot Livvys Mutter an.

»Sie ... nein, sie ist ausgegangen«, sagte Ellen.

»Na ja, das macht nichts. Ich nehme an, du kannst dir einen Badeanzug und ein Handtuch von den Fundsachen leihen«, sagte Livvys Mutter und ging los, um das zu organisieren.

»Ist das mein Geschenk?«, sagte Livvy. »Ich liebe Schminkfarben.«

»O ja«, sagte Ellen und drückte ihr die Schachtel in die Hand. »Tut mir Leid, ich hatte keine Zeit, sie einzupacken.«

Sie hatte Livvy noch nie von Spiegelschön erzählt, und es schien ihr nicht der richtige Moment zu sein, damit anzufangen.

Der Fundsachen-Badeanzug war ein bisschen zu groß, aber Ellen war das egal. Es war wunderbar im Wasser mit Livvy und den anderen. Sie hatten ein Becken ganz für sich allein. Da gab es ein riesiges aufgeblasenes See-Monster, ein Piratenschiff und eine einsame Insel. Livvy erfand ein richtig gutes Spiel, das Haie hieß, bei dem man von der einsamen Insel zum Schiff schwimmen musste, ohne unterwegs von einem Hai gefangen zu werden. Wenn man gefangen wurde, wurde man zum Monster gebracht und musste auf seinem Rücken warten, bis man gerettet wurde.

Ellen war eine gute Schwimmerin, es gelang ihr, ein paar Fische vor den Haien zu retten. Es machte Spaß, aber das Beste an dem Spiel war, dass Anthony nicht dabei war, um zu schummeln und zu kreischen, bis er einen Preis bekam. (Es gab überhaupt keine Preise und das war auch etwas Gutes.)

Ellen war mitten bei einer besonders gefährlichen Rettung, als Livvy, die einer der Haie war, sie am Schulterträger ihres Badeanzugs packte. Ellen versuchte wegzuschwimmen und der Träger riss. »Geh zum Umkleidebereich«, sagte die Bademeisterin zu Ellen. »Dort werden sie eine Sicherheitsnadel für dich finden.«

Als Ellen sich im Umkleidebereich vor dem Spiegel den Träger feststeckte, erinnerte sie sich an Spiegelschön und fragte sich, wie es ihr wohl bei Anthonys Party ging.

Sie brauchte nicht lange darüber nachzudenken.

»Sei vorsichtig mit dieser Sicherheitsnadel«, sagte Spiegelschön. »Du willst dich doch nicht in den Finger stechen und hundert Jahre lang schlafen.«

In diesem Moment hatte Ellen das Gefühl, nichts mehr zu wollen als das. Wie konnte Spiegelschön ihr das antun?

»Spiegelschön, bleib dort! Komm nicht aus dem Spiegel. Du darfst nicht hier sein! Geh zurück zu Anthonys Party.«

»Nein, vielen Dank.« Spiegelschön landete mit einem Satz neben Ellen.

Sie hatte ebenfalls eine Sicherheitsnadel in der Hand und trug einen etwas zu weiten Badeanzug mit einem zerrissenen Träger. »Ich hätte noch so ein Spiel mit musikalischen Thronen nicht ausgehalten«, sagte sie.

»Meinst du nicht, es waren musikalische Stühle?«, fragte Ellen.

»Ja, ich glaube, so haben sie es genannt«, sagte Spiegelschön. »Musikalische Throne sind viel besser. Man hüpft von Thron zu Thron und die Throne spielen Melodien, wenn man auf ihnen landet.«

»Ich hoffe, du bist nicht auf den Stühlen herumgehüpft«, sagte Ellen.

»Ich habe es versucht, aber es war ein bisschen schwer, weil Tantrummys Mutter sie weggenommen hat.«

»Anthony, nicht Tantrummy«, verbesserte sie Ellen, obwohl sie dachte, Tantrummy würde viel besser zu ihm passen. »Egal, natürlich hat seine Mutter die Stühle weggenommen – darum geht es doch bei den musikalischen Stühlen: Man nimmt jedes Mal einen Stuhl weg, wenn die Musik aufhört.«

»Nun ja, mit dieser Möbelschlepperei hatte Tantrummys Mutter ganz schön zu tun«, sagte Spiegelschön. »Sie hätte dringend ein paar Diener zum Helfen gebraucht. Ich verstehe gar nicht, warum sie so böse wurde, als ich diese Umzugsfirma angerufen habe.«

Ellen riss den Mund auf. »Sie sind nicht gekommen, oder?«

»Nein. Tantrummys Mutter hat die Umzugsfirma abbestellt und wir mussten stattdessen ›Behalte das Paket‹ spielen.«

»›Gib das Paket weiter‹, meinst du.«

»Ich erinnere mich nicht mehr genau, wie sie es genannt haben«, sagte Spiegelschön. »Aber es hat ewig gedauert, bis ich das Paket ausgepackt hatte – eine schreckliche Verschwendung von Einwickelpapier –, und am Schluss war nur eine kleine Tüte Bonbons drin.«

»Aber du solltest es doch nicht auspacken, der Witz ist doch, du wickelst nur ein Papier ab und gibst das Paket dann weiter.«

»Sei nicht lächerlich, Ellen«, sagte Spiegelschön. »Weißt du nicht, dass es sehr unhöflich ist, etwas weiterzuschenken, was du bekommen hast?«

»Ich glaube nicht, dass Anthony sehr erfreut darüber war, dass du es ausgepackt hast.«

»Nein, er hat dann selbst ein Spiel angefangen, das Schrei-das-Haus-kaputt heißt«, sagte Spiegelschön.

Ellen hätte beinahe gelacht, aber dann erinnerte sie sich daran, dass sie es war, der man alles zuschieben würde, was Spiegelschön getan hatte.

»Ich hoffe, Tante Pam hat dich nicht rausgeworfen«, sagte sie.

»Nein, sie hat ihren Zauberer gerufen«, sagte Spiegelschön.

»Oh, da war ein Zauberer? War er gut?«

»Leider nicht. Er hat nur einen Haufen Tricks vorgeführt – überhaupt keine richtige Zauberei. Am Schluss habe ich ihm ein bisschen helfen müssen.«

»Wie meinst du das?«

»Er hat angeboten, jemanden von uns verschwinden zu lassen«, sagte Spiegelschön. »Er hatte eine große, lange Kiste und forderte Anthony auf hineinzukriechen. Dann drehte er die Kiste ein paar Mal herum und öffnete einen Deckel. Wir schauten alle in die Kiste hinein und es sah *tatsächlich* aus, als wäre Anthony verschwunden. Aber dann habe ich einen anderen Deckel aufgemacht und da war er.«

»Du hast ihm den Trick verdorben«, sagte Ellen.

»Warte – ich bin noch nicht fertig«, sagte Spiegelschön. »Ich habe gesehen, dass ein Spiegel im leeren Teil der Kiste war – deshalb wirkte der Raum größer, als er war, deshalb sah es aus, als wäre Anthony verschwunden.«

»Ich bin nicht sicher, ob ich das verstehe«, sagte Ellen.

»Macht nichts, du wirst das Nächste bestimmt verstehen«, sagte Spiegelschön. »Ich stieg in den Spiegelteil der Kiste und sagte dem Zauberer, er soll den Deckel zumachen, und dann ...«

»Und dann bist du durch den Spiegel verschwunden!«, beendete Ellen den Satz.

»Genau. Der Zauberer muss sich gefreut haben. Endlich hat er wirklich mal gezaubert.«

»Ich glaube kein bisschen, dass er sich freut! Vermutlich ist er entsetzt«, sagte Ellen, die sich selbst entsetzt fühlte. »Bestimmt suchen sie jetzt alle nach mir! Ich muss wieder zurück – es sei denn, du tust es.« Du lieber Himmel, was wäre schlimmer? Spiegelschön zu Anthonys Party zurückschicken oder sie im Schwimmbad zu lassen?

In diesem Moment hörte Ellen laute Stimmen. Livvy und die anderen kamen, um sich umzuziehen. Ellen rannte los und öffnete ihren Schrank, riss ihre Kleider heraus und verschwand in einer Umkleidekabine. Als sie die Tür zumachte, hörte sie Livvy zu Spiegelschön sagen:

»Warum hast du so lange gebraucht, Ellen? Jetzt ist es Zeit für die Pizza. Ich nehme eine mit Schinken und Ananas.«

»Ich will eine mit Drachen und Tomaten«, sagte Spiegelschön und Livvy lachte.

Ellen zog sich schnell um und rieb sich die Haare so trocken, wie es ging. Als sie annahm, dass alle anderen in Umkleidekabinen waren, verschwand sie schleunigst. Sie verließ gerade den Umkleidebereich, als sie Livvy fragen hörte: »Was ist mit deinen Kleidern passiert, Ellen?«, und Spiegelschön antwortete: »Ich muss sie im Palast vergessen haben.«

Statt bei Anthony an der Tür zu klingeln, kroch Ellen durch die Hintertür. Sie war unverschlossen und sie lief auf Zehenspitzen hinein. Sie konnte hören, wie im oberen Stockwerk ihr Name gerufen wurde. Bestimmt suchten sie sie in den Schlafzimmern. Sie spähte um die Tür des Wohnzimmers. Zu ihrer Überraschung war es leer. Auf dem Boden stand die lange Kiste, von der Spiegelschön erzählt hatte. Ellen hob einen Deckel an und quetschte sich hinein. Es war dunkel und eng darin.

Gleich darauf hörte sie die Haustürklingel, danach Schritte und Stimmen in der Diele.

»Was meinst du mit ›einfach verschwunden‹?« Das war die Stimme ihrer Mutter.

»Zauberei!« Das war die Stimme eines der Kinder. »Er ist wirklich ein guter Zauberer. Ich möchte, dass er auch zu meiner Party kommt.«

Dann sagte der Zauberer: »Es hat nichts mit mir zu tun! Ich habe dieses freche Kind gar nicht gebeten, in die Kiste zu steigen.«

»Ich möchte diese Kiste sehen!« Jetzt war die Stimme ihrer Mutter ganz nah, und Ellen erkannte, dass alle ins Wohnzimmer gekommen waren.

»Sie ist nicht da. Wir haben schon hundert Mal nachgeschaut«, sagte Tante Pam.

In der nächsten Sekunde wurde der Deckel aufgemacht und Licht fiel herein.

»Ellen!«, sagte die Mutter. Ellen stieg hinaus und umarmte ihre Mutter. Alle drängten sich um sie.

»Seltsam, sie die ganze Zeit hier einzusperren!«, sagte die Mutter vorwurfsvoll zum Zauberer. »Und warum sind ihre Haare feucht?«

»Ich verstehe es nicht«, sagte er. »So etwas ist noch nie zuvor passiert.«

Er tat Ellen Leid. Sie beschloss, die Wahrheit zu sagen. »Er ist nicht schuld«, sagte sie. »Es war Spiegelschön.«

»Wer ist Spiegelschön?«, fragte eines der Kinder.

»Das ist Ellens eingebildete Freundin«, erklärte die Mutter.

»Was für eine Fantasie sie hat!«, sagte Tante Pam. »Sie hat vorhin schon alle möglichen verrückten Geschichten erzählt.«

Aber die Mutter hörte es nicht, denn Anthony fing an zu schreien: »Warum bin *ich* nicht verschwunden? *Ich* möchte unsichtbar sein. Das ist nicht fair – ich will noch mal!«

Als Ellen und die Mutter zu Hause ankamen, telefonierte Luke gerade.

»Es ist alles in Ordnung, da kommt sie«, hörte Ellen ihn sagen. »Nein, ihre Kleider sehen gut aus – ein bisschen zerknittert vielleicht, aber das ist alles. Ja, da bin ich mir sicher. Dann auf Wiedersehen.«

»Wer war das?«, fragte die Mutter.

»Diese komische Frau«, sagte Luke. »Frau Duck oder so.«

»War es Livvy Drakes Mutter?«

»Ja, Drake, das war's. Sie wollte wissen, ob es Ellen gut geht.«

»Warum sollte es ihr nicht gut gehen?«, fragte die Mutter.

»Frag mich doch nicht. Ich habe gar nicht verstanden, was die Frau gewollt hat. Etwas mit Ellens Kleidern, die im Schwimmbad gestohlen wurden.«

»Aber Ellen war doch gar nicht im Schwimmbad.«

»Das habe ich ihr auch gesagt, aber sie hat nicht locker gelassen. Sie hat gesagt, dass Ellens Schrank leer war, es müsste ein Dieb da gewesen sein. Sie sagte, sie hätte Kleider von der Fundstelle besorgen müssen.«

»Bestimmt verwechselt sie Ellen mit einem anderen Kind«, sagte die Mutter.

»Und dann hat sie gesagt, dass Ellen verschwunden ist, als die anderen Pizza aßen«, fuhr Luke fort. »Sie machte sich Sorgen, ob sie vielleicht gekidnappt wurde.«

»Seltsam«, sagte die Mutter. Sie gab Ellen einen Kuss. »Ich glaube, du hattest genug Abenteuer für einen Tag, ohne dass du gekidnappt wurdest, meinst du nicht auch?«, fragte sie.

»Ja«, sagte Ellen. »Ganz bestimmt.«

5

Wackeltag

Ellen hatte Spiegelschön seit ein paar Wochen nicht mehr gesehen. Zu Beginn der Sommerferien war ihre Familie umgezogen. Das neue Haus war in einer anderen Stadt, und Ellen hatte das Gefühl, dass Spiegelschön ihre Spur verloren hatte. Wenn es so war, tat es ihr nicht wirklich Leid. Ihre Abenteuer schienen immer damit zu enden, dass Ellen in Schwierigkeiten geriet und Spiegelschön verschwand. Trotzdem ertappte Ellen sich manchmal dabei, dass sie in den Spiegel schaute und halb und halb hoffte, ihr Spiegelbild würde etwas Erstaunliches tun. Sie wünschte sich jemanden zum Spielen. In den beiden Nachbarhäusern gab es keine Kinder. Ein Mädchen, das ungefähr so alt war wie sie, wohnte etwas weiter unten in der Straße, aber Ellen war zu schüchtern, um hallo zu sagen. Sie hoffte, sie würde neue Freunde finden, wenn die Schule anfing, aber der Gedanke daran machte sie auch ziemlich nervös.

Als in der Nähe ein Jahrmarkt stattfand, sagte die Mutter, Ellens großer Bruder Luke könne sie mitnehmen, wenn er bei ihr bleibe. Das hörte sich lustig an, das Problem war nur, dass Ellen und Luke verschiedene Sachen anschauen wollten. Luke mochte die Fahrzeuge, bei denen man hoch- und runterflog, am liebsten noch kopfunter, und zurück und vorwärts. Ellen liebte es auch, Angst zu bekommen, aber nicht auf diese Kopfunter-Art. Sie wollte mit der Geisterbahn fahren, aber Luke sagte, das sei nur was für Kinder.

»Wir treffen uns hier in einer Stunde, okay?«, sagte Luke. Sie waren im Spiegelkabinett.

Ellen tat, als habe sie vergessen, dass Luke eigentlich bei ihr bleiben sollte.

»In Ordnung«, sagte sie. Sie schaute in die Spiegel, aber sie betrachtete nicht Luke, sondern sich selbst. Ihr Mund war wie eine Höhle in ihrem schlaffen Kinn, über einem langen, wackelnden Körper und kleinen Watschelbeinen. »Schau mich an!«, sagte sie lachend und deutete in den Spiegel, aber Luke

war schon weggegangen. Stattdessen antwortete ihr das seltsame Spiegelbild.

»Zeig nicht mit dem Finger, das ist unanständig«, sagte das Spiegelbild und stieg aus dem Spiegel.

»Spiegelschön, du bist es!«, sagte Ellen und lachte wieder. »Du bist ganz komisch und verwackelt.« »Natürlich bin ich verwackelt. Heute ist schließlich Wackeltag, oder nicht?«

»Nein, Mittwoch«, sagte Ellen.

»Dann nenn es eben so, wenn du Lust hast«, sagte Spiegelschön und watschelte auf ihren kurzen Beinen aus dem Spiegelkabinett. »Aber da, wo *ich* herkomme, ist heute Wackeltag und an Wackeltagen wackeln alle. Es ist ein Gesetz, das mein Vater, der König, erlassen hat. Sogar der *Palast* wackelt an Wackeltagen. Ungefähr so«, fügte sie hinzu und deutete auf eine Hüpfburg, in der ein paar Kinder herumhüpften. Der Finger, mit dem Spiegelschön deutete, sah aus wie eine wackelnde Stricknadel und Ellen lachte wieder. Sie war wirklich froh, Spiegelschön nach der ganzen Zeit zu sehen. Sie hatte sich nicht direkt darauf gefreut, allein mit der Geisterbahn zu fahren.

»Hast du Geld?«, fragte Ellen. Spiegelschön hatte drei Fünfzig-Cent-Stücke und zwei Zwanzig-Cent-Stücke.

»Genau wie ich«, sagte Ellen. »Aber die Schrift auf deinen Münzen geht von hinten nach vorn.«

»*Deine* ist verkehrt herum, Dummkopf«, sagte Spiegelschön.

Sie gaben beide dem zuständigen Mann, der Kaugummi kaute und in die Luft starrte, fünfzig Cent für die Geisterbahn. Er schien Spiegelschöns seltsames Aussehen und die verkehrte Schrift auf der Münze nicht zu bemerken.

Sie stiegen hinter einer Frau und einem kleinen Jungen in einen Wagen der Geisterbahn.

»Es ist schön, mit einer normalen Eisenbahn zu fahren«, sagte Spiegelschön. »Ich bin sonst immer nur mit der königlichen Bahn gefahren.«

»Das ist keine normale ...«, warnte Ellen, aber sie wurde von einer unheimlichen Stimme unterbrochen:

»Hier spricht der Schaaaa-haffner«, stöhnte die Stimme. »Nicht fragen, nicht klagen, einfach nur wagen.«

»Was für ein dummer Schaffner!«, sagte Spiegelschön. »Warum sagt er nicht einfach die nächste

Station und ob wir Tee oder Süßigkeiten im Zug kaufen können?«

Der Zug fuhr los. Fast sofort tauchte er in einen Tunnel ein. Als er um eine Kurve bog, flitzte ein leuchtendes Monster auf sie zu. Der kleine Junge vor ihnen schrie.

»Es gehört sich nicht, unschuldige Kinder zu erschrecken«, sagte Spiegelschön. Während sie sprach, baumelte eine riesige Spinne von der Decke und wieder schrie der Junge.

»Machen sie hier in ihren Tunnels denn nie sauber?«, sagte Spiegelschön.

Sie griff hinauf und packte die Spinne mit ihren langen Wackelfingern.

»Geh und bau dein Netz irgendwo anders«, sagte sie und warf die Spinne über ihre Schulter. Die Leute in den Wagen hinter ihnen schrien.

Der Zug bog wieder um eine Kurve, dort lauerte ein unheimlicher Geist in der Dunkelheit und stürzte sich mit einem lauten »Wuuuh« auf den kleinen Jungen. Der klammerte sich an seine Mutter.

»Das geht zu weit«, sagte Spiegelschön. Sie beugte sich aus dem Wagen und machte auch »Wuuuh« zu dem Geist, nur viel lauter.

Der kleine Junge drehte sich um, sah Spiegelschön und schrie wieder. Ellen war nicht erstaunt: Mit ihrem weit offenen Mund und dem zittrigen Kinn sah Spiegelschön für den kleinen Jungen vielleicht wie ein weiterer Geist oder ein Monster aus.

Ein paar Skelette, Vampire und Särge später hielt der Zug und der kleine Junge hörte auf zu schreien. »Können wir noch mal fahren?«, fragte er seine Mutter.

Spiegelschön schaute sich angewidert um. »Das ist lächerlich«, sagte sie. »Wir sind nirgendwohin gefahren – wir sind wieder da, wo die Fahrt begonnen hat. Ich werde mich beim Bahnhofsvorsteher beschweren.«

Sie stieg aus und ging auf den Kaugummi kauenden Mann zu, aber Ellen schaffte es, sie aufzuhalten.

»Warum gehen wir nicht zum Ringewerfen?«, sagte sie. »Schau mal, wir könnten einen von diesen Riesenteddys gewinnen.«

Ellen hatte noch nie etwas beim Ringewerfen gewonnen. Sie schaffte es nicht, den Ring so über eine Stange zu werfen, dass er flach landete, und diesmal war es auch nicht anders.

Aber für Spiegelschön war es leicht. Sie streckte einfach einen ihrer verblüffend langen Arme aus und legte den Ring über die Stange. Bald hatte sie drei Teddybären und einen Goldfisch in einem Glas gewonnen. Eine kleine Menschenmenge hatte sich um sie versammelt.

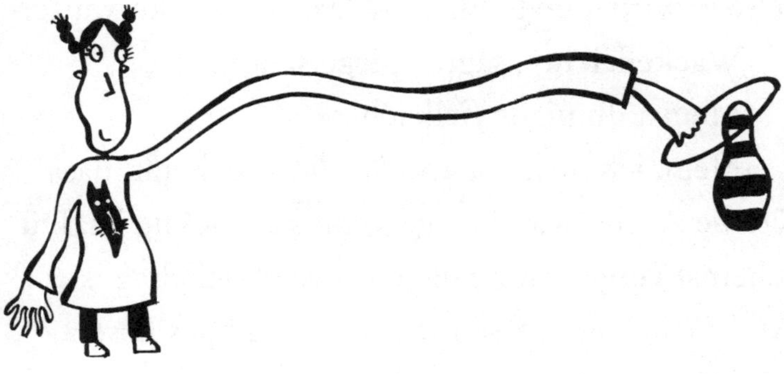

»Hier, nimm das«, sagte Spiegelschön. Sie schob Ellen die Teddys und den Goldfisch zu und ging weiter zur Wurfbude. Die Menge folgte ihr.

Der Mann an der Wurfbude war erfreut, als er so viele Menschen sah. Ellen traf mit ihren drei Bällen nicht, aber Spiegelschöns Arm erreichte fast die Halter mit den Kokosnüssen und sie traf sie problemlos. Die Anzahl der Zuschauer wuchs und einige Leute fingen auch an zu spielen. Dem Kokosnuss-Mann schien es egal zu sein, dass Spiegelschön so oft gewann, er gab ihr sogar einen Sack, in den sie ihre Teddys und die Kokosnüsse packen konnte.

»Du solltest besser aufhören, bevor der Sack zu schwer wird«, sagte Ellen. »Magst du Zuckerwatte?«

»Wackelleicht«, sagte Spiegelschön.

»Meinst du nicht vielleicht?«

»Nein, ich meine *wackelleicht*. Das heißt, dass ich die Zuckerwatte mag, wenn sie wacklig ist. Du scheinst vergessen zu haben, dass Wackeltag ist. An Wackeltagen essen wir nur wackliges Essen.«

Es dauerte eine Weile, bis sie den Zuckerwatten-Stand erreicht hatten, denn Spiegelschön konnte mit ihren kurzen Beinen nur kleine Schritte machen, während ihr langer Körper über den Platz schwankte.

Spiegelschön verlangte zwei Zuckerwatten. Die Verkäuferin warf ihr einen seltsamen Blick zu, aber sie bewegte die Stöcke lange, als sie das rosafarbene Zeug drum herum wickelte, und Spiegelschön entschied, dass es reichte. Ihr Mund war so riesig, dass sie ihre Portion auf einmal hineinsteckte. Sie bat um fünf weitere.

»Du siehst ja, ich muss einen riesigen Bauch füllen«, sagte sie, nachdem sie alle fünf auf einmal gegessen hatte.

Inzwischen war ihr Geld aufgebraucht, und Ellen fiel ein, dass sie Luke am Spiegelkabinett treffen sollte. Sie gingen dorthin zurück.

Vor dem Spiegelkabinett war ein Schild, auf dem stand:

»WACKEL-SPIEGELKABINETT, EINTRITT 20 CENT.«

»*Wirklich!*«, sagte Spiegelschön. »Als wäre es nicht schlimm genug, dass alles rückwärts geschrieben ist, sie können noch nicht mal meinen Namen richtig schreiben.«

Sie nahm einen Filzschreiber aus der Tasche und änderte die Buchstaben. Jetzt stand auf dem Schild: »WACKEL-SPIEGELSCHÖN, 20 CENT.«

»Und jetzt sammelst du das Geld ein, Ellen«, sagte sie. »Und vergiss nicht, einmal Wackeln kostet zwanzig Cent.« Sie stellte sich neben dem Schild auf, vollkommen still, als würde sie Musikpantomime spielen.

Ellen trat von einem Fuß auf den anderen, sie wusste nicht, was sie tun sollte. Einige Leute sammelten sich um sie.

»Zwanzig Cent wofür?«, fragte ein Mann.

»Um sie wackeln zu sehen«, sagte Ellen.

»Sie kann nicht wackeln, sie ist eine Statue«, sagte ein anderer.

»Ist das nicht dieses witzige Mädchen, das alle Kokosnüsse gewonnen hat?«, fragte eine Frau.

Am Schluss gab ein Mann Ellen zwanzig Cent und sagte, er wolle sein Geld zurück, wenn er nicht zufrieden sei.

Als Ellens Hand sich um das Geldstück schloss, begann Spiegelschön sich zu bewegen wie die Schlange eines Schlangenbeschwörers, die aus dem Korb steigt und sich schlängelt. Das tat sie eine halbe Minute, dann stand sie plötzlich wieder still.

Sofort gab ein anderer Zuschauer Ellen zwanzig Cent, und diesmal streckte Spiegelschön einen ihrer langen Schlangenarme aus. Die Menge schaute zu, wie sich ihr Arm durch die Luft schlängelte und sich einmal sogar verknotete. Alle klatschten, außer einem Mann, der murmelte »Hat alles mit den Spiegeln zu tun«, so als wisse er Bescheid.

Beim dritten Mal wackelte Spiegelschön mit den Ohren. Sie bewegten sich auf und ab wie Jojos, berührten fast den Boden und sprangen wieder zurück. Inzwischen standen sehr viele Menschen um sie herum und alle schienen in ihren Taschen zu wühlen.

Da bemerkte Ellen, dass Luke auf sie zuschlenderte. Er kam von einem Fahrzeug, die Schlund des

Schreckens hieß, und seine mit Gel gekämmten Haare glänzten in der Sonne.

»Da kommt mein Bruder!«, sagte sie zu Spiegelschön.

Mit einem letzten Ohrenwackeln drehte sich Spiegelschön um und watschelte erstaunlich schnell in das Spiegelkabinett hinein.

»He, du hast nicht bezahlt«, rief der Aufpasser.

»Ich bezahle für sie«, sagte Ellen und gab dem Mann zwei der drei Zwanzig-Cent-Stücke, die sie verdient hatten, und folgte Spiegelschön. Aber sie wurde von einigen Leuten überholt, die noch ein paar Wackelkunststücke sehen wollten. Ellen schaute sich nach Spiegelschön um, konnte sie aber nicht entdecken. Stattdessen stieß sie mit Luke zusammen.

»Da bist du ja«, sagte er. »Du weißt gar nicht, was du verpasst hast! Dieser Weltraum-Taumler – es ist verrückt, wie er anhält und die Richtung wechselt, gerade dann, wenn die Kapsel kopfüber hängt. Man hat wirklich das Gefühl, man würde rausfallen.« Dann bemerkte er das Goldfischglas und den Sack. Er schaute hinein und sah die Teddys und die Kokosnüsse.

»Hast du das alles gewonnen?«, fragte er.

Ellen wusste, dass er sich bemühte, nicht allzu beeindruckt zu klingen. Fast hätte sie gesagt: »Nein, das war Spiegelschön.« Aber sie wusste, dass Luke ihr nicht glauben würde. Außerdem nahm sie an, dass Spiegelschön inzwischen in einem der Spiegel verschwunden war. Deshalb antwortete sie: »Ja, und ich habe immer noch zwanzig Cent übrig!«

6

Liebeszauberchips

Der erste Tag in der neuen Schule war gekommen. Ihre Mutter brachte Ellen zum Zimmer der Schulleiterin und die Schulleiterin brachte sie in ihr Klassenzimmer.

»Das ist Ellen, sie kommt jetzt in eure Klasse«, verkündete sie. Alle Kinder starrten Ellen an. Sie drückte ihre Box für das Mittagessen fest an sich und versuchte zu lächeln.

»Hallo, Ellen«, sagte die Lehrerin fröhlich. »Vielleicht hängst du erst einmal deine Jacke in der Garderobe nebenan auf? Du findest dort einen Haken mit deinem Namen.«

Ellen fand ihren Haken und hängte ihre Jacke auf. Darunter trug sie einen Trägerrock und eine Bluse und eine Krawatte mit diagonalen grauen und gelben Streifen. Ihre alte Schule hatte keine

Uniform gehabt, deshalb hatte sie noch nie zuvor eine Krawatte getragen. Sie schaute in den Garderobespiegel, um zu sehen, ob sie richtig saß.

Ja, die Krawatte sah richtig aus, aber, ach du meine Güte, Ellen hatte keine Lust, wieder in den Klassenraum zu gehen und angestarrt zu werden.

Sie drehte sich gerade vom Spiegel weg, als eine Stimme sagte: »Du siehst verängstigt aus. Mach dir keine Sorgen, ich werde da sein.«

Ellen drehte sich um und sah gerade noch, wie Spiegelschön fröhlich aus dem Spiegel stieg. Sie hatte eine Mittagessen-Box, genau so eine wie

Ellen, und sie trug die gleiche Uniform, nur dass die Streifen auf ihrer Krawatte andersrum verliefen.

»Spiegelschön! Du kannst nicht mit mir in die Schule kommen!«, sagte Ellen.

»Was meinst du damit, ich kann nicht? Ich habe es doch gerade getan, oder etwa nicht?«, sagte Spiegelschön. Sie schlüpfte hinter Ellen aus der Garderobe und öffnete die Klassenzimmertür.

»Hallo, Ellen«, sagte die Lehrerin und machte ein erstauntes Gesicht, als sie die richtige Ellen hinter Spiegelschön sah.

»Ich habe nicht gewusst, dass du eine Zwillingsschwester hast«, sagte sie.

»Das macht nichts«, sagte Spiegelschön. »Man kann nicht alles wissen. Ich nehme an, Sie wissen auch nicht, wie viele Feen ich als Patinnen habe.«

»Nun, Ellen, sei nicht frech«, sagte die Lehrerin.

»Da ist noch etwas, was Sie nicht wissen«, sagte Spiegelschön. »Ich bin nicht Ellen, ich bin Spiegelschön.«

»Sehr gut, Spiegelschön, und nun setzt euch hier an diesen Tisch. Du und Ellen, ihr kommt in die Orangen-Gruppe.«

»Ich würde lieber bei der Gold- oder Silber-Gruppe sein«, sagte Spiegelschön.

»Tut mir Leid, solche Gruppen haben wir nicht«, sagte die Lehrerin streng. »Aber ich bin sicher, dass du gut mit der Orangen-Gruppe zurecht kommst, wenn du dich anständig benimmst.«

Sie verteilte ein paar Hefte und sagte zu den Kindern, sie sollten aufschreiben, was sie in den Ferien gemacht hatten. Ellen schrieb über den Umzug.

Die Lehrerin lief im Klassenraum herum. Sie kam zum Tisch der Orangen-Gruppe und schaute Spiegelschön über die Schulter.

»Dein Aufsatz ist ein bisschen schwer zu lesen, Spiegelschön«, sagte sie. »Deine Buchstaben sind verkehrt herum. Da kommt man leicht durcheinander, das weiß ich, besonders mit dem b und dem d.«

»O, Sie Ärmste«, sagte Spiegelschön. »Bringt Sie das wirklich durcheinander? Keine Angst – ich bin sicher, Sie werden es lernen. Vielleicht sollten Sie einen Spiegel benutzen, um meine Schrift zu lesen.«

»Das ist eine gute Idee«, sagte die Lehrerin und holte einen Spiegel aus ihrer Handtasche. »Ja, jetzt

kann ich es prima lesen.« Und zur Klasse sagte sie: »Spiegelschön hat eine sehr interessante Geschichte geschrieben. Macht es dir etwas aus, wenn ich sie laut vorlese, Spiegelschön?«

»Nein, gar nicht«, sagte Spiegelschön. »Ich nehme an, Sie kriegen das mit ein bisschen Übung hin.«

Die Lehrerin las Spiegelschöns Geschichte vor. Sie ging so:

»Ich habe in den Ferien nicht viel getan, weil ich in eine goldene Statue verwandelt wurde. Sehen Sie, mein Vater, der König, war nett zu einem alten Mann gewesen, und deshalb bekam er die Macht, alles, was er berührte, in Gold zu verwandeln. Auch mich hat er aus Versehen berührt. Am Schluss wurde ich zurückverwandelt, als man mich im Zauberfluss wusch.«

Alle Kinder lachten über diese Geschichte und die Lehrerin sagte: »Das war gut, Spiegelschön, obwohl es mir vorkommt, als hätte ich diese Geschichte schon mal irgendwo gehört. Was ich wollte, war, dass du das schreibst, was du *wirklich* in den Ferien gemacht hast.«

»Aber ich habe Ihnen doch gesagt, dass ich *nichts* getan habe«, sagte Spiegelschön. »Man kann nichts tun, wenn man eine goldene Statue ist. Man kann sich nicht bewegen oder essen oder sich die Haare bürsten oder irgendetwas. Mein Fuß hat schrecklich gejuckt und ich konnte mich nicht kratzen.«

In diesem Moment klingelte es zur Pause. Ein freundliches Mädchen namens Katy nahm Ellen und Spiegelschön mit zum Schulhof, wo sie mit den anderen Abschlagen spielten. Aber zwei große Jungen stießen mehrmals mit Ellen zusammen. Sie taten, als wäre es aus Versehen passiert, aber Ellen wusste, dass sie es absichtlich getan hatten.

»Das sind Bruce Baxter und Stephen Hodge«, sagte Katy. »Sie sind *immer* so.«

Spiegelschön sagte nichts, sah aber sehr nachdenklich aus.

Nach der Pause verteilte die Lehrerin Mathematikbücher und forderte die Kinder auf, eine Seite aufzuschlagen, auf der ein Bild von einem Obstgeschäft war.

»Nun«, sagte sie, »wenn ein Apfel zehn Cent kostet und Susan der Verkäuferin fünfzig Cent gibt, wie viel Geld bekommt sie heraus?«

»Einen Moment«, sagte Spiegelschön. »Schauen Sie sich diese Äpfel an. Würden Sie sagen, sie sind halb rot und halb grün?«

»Was meinst du damit, Spiegelschön?«

»Ich meine, Susan sollte sich vorsehen«, sagte Spiegelschön. »Woher weiß sie, dass die Verkäuferin die Äpfel nicht vergiftet hat? Vielleicht ist sie eine böse Königin, die sich verkleidet hat und jeden loswerden will, der schöner ist als sie.«

»*Spiegelschön!*«, sagte die Lehrerin böse. »Ich habe dich nicht gebeten, Märchen zu erzählen. Ich habe gefragt, wie viel Wechselgeld Susan auf ihre fünfzig Cent herausbekommt. Wie viel, glaubst du denn?«

»Keines«, sagte Spiegelschön. »Wenn die Königin so böse ist, wie ich denke, wird sie mit den fünfzig Cent davonrennen.«

Als es endlich zur Mittagspause klingelte, sah die Lehrerin ziemlich erschöpft aus.

Im Speisesaal saßen Ellen und Spiegelschön mit Katy und den anderen Kindern, die ihr Mittagessen mitgebracht hatten, zusammen. Leider gehörten auch Bruce Baxter und Stephen Hodge dazu. Als die Aufsicht gerade nicht herschaute, schnappte Bruce Ellens Chipstüte. Dann nahm Stephen Katys Schokoladenriegel und Bruce klaute einem anderen Kind einen Becher Joghurt. Sie steckten all diese

Dinge in einen Beutel, zusammen mit anderen Leckerbissen, die sie gestohlen hatten.

»Das tun sie immer«, sagte Katy. »Und dann essen sie alles auf dem Schulhof.«

»Aber warum sagt ihr das nicht der Lehrerin?«, fragte Ellen.

»Wenn du das tust, dann lauern sie dir auf dem Heimweg auf und verhauen dich.«

Wieder einmal war Spiegelschön ungewöhnlich still und nachdenklich. Sie hatte es geschafft, dass ihr nichts von ihrem Essen gestohlen worden war, und sie nahm eine ungeöffnete Chipstüte mit auf den Schulhof. Die Tüte sah genau aus wie Ellens, außer dass die Schrift von rechts nach links lief.

Katy und ihre Freundinnen hatten ein langes Springseil und forderten Ellen und Spiegelschön auf, mit ihnen zu spielen. Aber Bruce Baxter und Stephen Hodge störten sie dauernd und traten auf das Seil. Stephen schwenkte den Beutel mit den gestohlenen Sachen. Gerade als sie zum vierten Mal das Spiel störten, sagte Spiegelschön laut: »Oh, ich habe heute Chips mit Liebeszauber-Geschmack.«

»Was ist das?«, fragte Ellen.

»Sie machen, dass du dich in die erste Person verliebst, die du siehst.«

Sie steckte sich einen Chip in den Mund und starrte Bruce Baxter an.

»O, mein Held!«, rief sie plötzlich aus. Dann rannte sie zu ihm und umarmte ihn. Bruce wurde rot. Alle Mädchen lachten ihn aus, und Stephen lachte auch.

»Ich möchte dich mit meinen Küssen duschen«, sagte Spiegelschön und zielte mit dem Mund auf seine Nase. Er drehte sich weg und ihr Kuss landete auf seinem Ohr.

»Du warst so wunderbar, als du das Seilhüpfen gestört hast«, sagte sie. »*Bitte*, tu es wieder, dann gebe ich dir zehn Küsse.«

»Lass mich in Ruhe«, sagte Bruce.

»Nie!«, schrie Spiegelschön.

Sie biss in den nächsten Chip und starrte dabei Stephen Hodge an. »O mein Liebling!«, sagte sie.

»Du bist meine wahre Liebe!« Sie warf die Arme um Stephen, und nun war er an der Reihe, rot zu werden.

»Du bist so *schlau*, dass du dir das Essen geklaut hast. Du wirst es *nie* zurückgeben, nicht wahr?«

»Los, gehen wir!«, sagte Stephen zu Bruce. Er sah sehr verlegen aus.

»Ich folge euch, egal, wohin ihr geht!«, sagte Spiegelschön. »Der einzige Weg, den Zauber zu brechen, ist, wenn ihr mir einen Beutel mit Essen gebt. Aber ich bin sicher, das werdet ihr nicht tun, oder?«

Die beiden Jungen warfen Spiegelschön den Beutel vor die Füße und rannten davon.

Nachdem Spiegelschön die Sachen ihren Besitzerinnen zurückgegeben hatte, konnten sie weiter Seil springen. Diesmal ungestört.

»Sind das *wirklich* Zauberchips?«, fragte Katy.

»Versuch einen, dann wirst du es merken!«, sagte Spiegelschön.

Katy aß einen Chip und Ellen ebenfalls. Aber keine von ihnen verliebte sich in irgendjemanden.

»Vielleicht funktioniert es nur bei Prinzessinnen«, meinte Spiegelschön.

Als sie wieder im Klassenzimmer waren, teilte die Lehrerin die Farben aus und sagte zu den Kindern, sie sollten die Ärmel aufrollen und Kittel anziehen.

»Diesmal haben wir ein neues Thema, nämlich Haustiere«, sagte sie. »Ich möchte, dass ihr alle ein Bild von einem Haustier malt. Es kann euer eigenes Haustier sein oder einem Freund gehören.«

Ellen begann mit einem Bild

ihres Goldfischs. Die Lehrerin kam zu ihrem Tisch.

»Das ist schön, Ellen«, sagte sie. »Ich mag solche schwankenden Wasserpflanzen.« Dann betrachtete sie Spiegelschöns Blatt. »Ich sehe, du malst zwei Tiere, Spiegelschön. Was für Tiere sind es? Ein Hund und eine Katze?«

»Nein«, sagte Spiegelschön. »Ein Löwe und ein Einhorn.«

»Du hast wirklich viel Fantasie!«, sagte die Lehrerin.

»Nein, nicht ich, sie sind es, die viel Fantasie haben!«, sagte Spiegelschön. »Aus irgendeinem Grund scheinen sie sich einzubilden, sie könnten

auf dem Thron sitzen statt meines Vaters. Jedenfalls kämpfen sie dauernd um die Krone. Es ist ein Wunder, dass sie sich noch nicht gegenseitig zerfleischt haben.«

Aber die Lehrerin hörte schon nicht mehr zu, sie starrte Spiegelschöns Hände und Arme an. Die waren bedeckt mit gelben Flecken.

»Du hast schrecklich viel Farbe abbekommen, Spiegelschön«, sagte sie.

»O nein«, sagte Spiegelschön. »Das ist keine Farbe – ich glaube, ich verwandle mich wieder in Gold! Ich habe schon gedacht, dass ich mich ein bisschen sonderbar fühle. Ich werde in den Zauberfluss tauchen müssen, bevor ich ganz hart werde.«

»Ich bin sicher, dass der Wasserhahn in der Garderobe es auch tut, Spiegelschön«, sagte die Lehrerin streng. »Und wenn du dich danach immer noch sonderbar fühlst, gehst du zur Krankenschwester.«

»Wie soll ich dort hingehen, wenn ich mich in Gold verwandelt habe?«, fragte Spiegelschön, als sie das Klassenzimmer verließ.

Als sie zehn Minuten später noch immer nicht zurückgekommen war, schickte die Lehrerin Ellen zur Garderobe. Ellen war nicht überrascht über das, was sie sah. Spiegelschön war verschwunden und der Garderobespiegel war mit gelben Farbflecken bedeckt. Auf dem Boden lag ein Zettel, auf dem in Spiegelschrift etwas geschrieben stand. Sie hielt ihn vor den Spiegel und las:

»Liebe Ellen, tut mir Leid, ich musste weggehen. Alles Liebe, Spiegelschön.
P.S. Gib Bruce Baxter und Stephen Hodge einen Kuss von mir.«

Spiegelschön kam nie wieder in die Schule. Die Schulleiterin schrieb einen Brief an Ellens Mutter, in dem stand: *»Sie haben nur ein Kind angemeldet, und wir haben das Gefühl, dass ihr zweites Kind vielleicht besser in eine andere Schule passt.«* Ellens Mutter fand diesen Brief sehr seltsam.

»Ich hatte nicht vor, Luke in Ellens Schule zu schicken, er ist sowieso zu alt dafür«, sagte sie.

Ellen fand ein paar Freundinnen in der Schule und hörte bald auf, sich schüchtern zu fühlen. Aber nie gab sie Bruce oder Stephen den Kuss von Spiegelschön, sie kamen ihr sowieso nicht zu nahe.

Bruce und Stephen gingen kein Risiko ein. Das neue Mädchen sah normal aus. Soweit sie es sehen konnten, waren auch ihre Chips normal. Sie sagte, sie sei Ellen. Aber vielleicht – nur vielleicht – war sie in Wirklichkeit Spiegelschön.

Ende

Julia Donaldson
Der kleinste Dinosaurier
Mit Bildern von Axel Scheffler
Aus dem Englischen von Susanne Härtel
Gulliver Taschenbuch (78577), 80 Seiten *ab 7*

Hypsilophodon ist völlig aufgelöst, denn sie findet nirgends einen sicheren Ort für ihr Nest. Überall tummeln sich gefährliche Giganten. Und immer setzen die größten und grimmigsten Dinosaurier ihren Willen durch! Hypsilophodon bleibt nichts anderes übrig, als zu fliehen. Unversehens verschwindet sie in einem dunklen Teich – und landet auf einem Bauernhof. Dort lernt sie merkwürdige Gestalten kennen: Enten, Traktoren und Menschen. Und 13 kleine Dino-Babys halten ihre Mama mächtig auf Trab!